世界很大，
我在这里

清心 著

时间不知不觉，我们后知后觉。
我们一路奔跑，有时却忘了为什么奔跑。
THE WORLD IS VERY BIG, I'M HERE

远 方 出 版 社

图书在版编目（CIP）数据

世界很大，我在这里/清心著. —呼和浩特：远方出版社，2016.11
ISBN 978-7-5555-0796-3

Ⅰ.①世… Ⅱ.①清… Ⅲ.①散文集—中国—当代 Ⅳ.①I267

中国版本图书馆CIP数据核字（2016）第298757号

世界很大，我在这里

作　　者	清　心
责任编辑	云高娃　李　可
出版发行	远方出版社
地　　址	呼和浩特市乌兰察布东路666号　邮编 010010
电　　话	（0471）2236471 总编室　2236460 发行部
经　　销	新华书店
印　　刷	北京富达印务有限公司
开　　本	650mm×940mm　1/16
字　　数	231千
印　　张	16
版　　次	2016年11月第1版
印　　次	2017年2月第1次印刷
标准书号	ISBN 978-7-5555-0796-3
定　　价	32.00元

如发现印装质量问题，请与出版社联系调换

自序：世界很大，我在这里

上初中时，由于语文成绩特别好，老师经常在课堂上朗读我的作文。窗外，天空蔚蓝，阳光灿烂，听着自己的文字在教室里像泉水般流淌，一颗心似振翅的蝴蝶，呼啦啦欲飞。

后来，我迷上了读书。不管在哪里，只要看到书，眼睛就像燃起了小火苗，一颗心雀跃着，直到把书捧在手里才安然。读着喜爱的书，会有一个念头瞬间闪过，长大了，如果能出版一本自己写的书，该是何等幸福。

是啊，年少时，谁没有过让自己心跳加速的梦想呢？只是，梦想终归是梦想，多数人最终都被拉回到现实中，走上了离梦想越来越远的路。

我也一样。虽然喜欢文字，却一直年少懵懂，并不知道自己以后究竟想做什么，想过怎样的生活。最终，在父母的建议下，我选择了学医。

毕业后，我成了一名医务工作者。接下来，恋爱、结婚、生小孩，日子在忙碌中一天天消逝。工作之余，还是喜欢读书。年少时的文学梦，很多年来，虽然极少提起，似乎也从未忘记。

2006年三月的某个深夜，我在浏览网页时，看到新浪读书正在举办"亲情、爱情、友情征文大赛"，就即兴写了篇《我摸到了爱情的声音》参与活动，这是一个盲人女孩的爱情故事。当时并未在意，投稿之后就把这件事抛之脑后了。没想到，七月的某个下午，新浪的工作人员突然通知我,说这篇文章经过著名作家张颐武和评论家白烨的推荐和点评,获得了二等奖,奖金5000元。权威人士的认可和鼓励,使我产生了在文学道路上走下去的勇气和信心。

之后,我开始给市面上的畅销期刊写稿。很多时候,写着写着天就亮了。几年下来,已经在《读者》等畅销期刊发表文字100多万,多篇作品获奖并被选入上百种文集,不少文章被设计成中考、高考阅读题。

2013年,开始接受文化公司和出版社的约稿。之后,陆续出版了《情似菩提爱如佛》《时光柔软,小心轻放》《幸福会长大》《所有的幸福和美好都值得期许》《乖,其实你不用怕》《6年级,陪孩子快乐升入初中》等多部畅销书。

岁月让我明白,很多事不必急,该来的迟早会来。一切都是最好的安排。

其实,梦想实现起来并不难。无论做什么,只要你一直心无旁骛地去努力,默默地向前走,芬芳的花,自会一路开放。

前几天,我收到一位读者快递过来的一套很好看的茶碗。雅致的青花,晶莹的瓷,玲珑剔透的玻璃碗,非常漂亮。这位网名叫依然有你,真名叫徐翠萍的读者,就是我多次在接受媒体采访时提到的,送我粉红色化妆镜的那位唐山女孩。熟悉我的人都知道,清心从来都是不化妆的。那么,她为何要送我一个化妆镜呢?我想,这应该就是作者与读者之间产生的心灵共鸣吧。因为,只有我知道,她是看了《时光柔软,小心轻放》里的一篇文章,知道我曾经不小心弄丢了心爱的小镜子,才特意买来送我的。说实话,看到粉红色小镜子的一刹那,我的眼睛就湿了。因为我知道,阅读的时候,她不仅仅在看书,在文字里寻找自己的影子,同时也在聆听我的心声,感受我的快乐与痛苦。她说,她是我的铁杆粉丝,从2007年就开始读我的文章,先是在杂志上,后来搜到了我的博客,之后又开始读我的书。她买了我所有的书,几乎读遍了我所有的文字,甚至包括博客上的日记。她说，我的书，看完了第一遍，还想看第二遍。她的懂得真的让我很感动，虽然素未谋面，因为文字，我们早已走进了彼此的生命里。

去年，听说我在新光合作用书吧有一场读者见面会，她特别想从唐山坐火车来见我，无奈，因为要参加一场很重要的婚礼，最终未能成行。为了表达那一刻复杂的心情，她在微信上写了一首诗给我，诗写得非常好，也很动情。

她在诗中写道：

清心
我想表达爱你的决心，
只是，我的语言太匮乏。
所以，我想表达爱你的决心，
唯有付出行动。

比如，
我想为你好好地煲一碗营养汤，
以滋补你熬夜写字付出的辛劳。
我想申请一个专属于你的微信号码，
只为记录读你的点滴心得。
我想为你的高兴而欣喜，
所以喜欢送一些闲情逸致的小礼物给你
我想为你永远的阳光明媚，
因为，只有这样，
当你需要时，
我才能给你足够的温暖。

我还想为你在心中写一篇我和你的故事

正如，
我现在捧着你的书，
书中全是你。
我想为你奉献我的心，
我想，这是我爱你，爱你的文字的决心……

世界畅销书作家保罗·柯埃略说过，当你做出一个选择的时候，你可能已经置身于一个巨大的洪流之中，然而，这个洪流会把你带向哪里，是你自己都无法预测的。如今，我已出版了六本书，也开始去远方的城市签售。很多读者从四面八方赶来，跟我谈他们的生活，以及内心的感谢。有的，还为我精心准备了礼物。说实话，2006年刚开始写字的时候，我从未想过会有出版社约我写书，并且，还拥有了很多喜欢我的读者。

平时，我喜欢沉默。我一直觉得，宁静是送给自己和他人最好的礼物。只是，沉默并不等于无话可说。事实上，我只是把倾诉换成了写作的方式。有时想想，写字真是享受啊。那些四四方方的汉字，如同千军万马，而我，站在阵前，手里挥着小旗，依照个人喜好，把它们排成各种各样的队形，真的很有意思。

如今，除了上班，每天阅读50页书，写2000字，已经成了我的习惯。喜欢写作的人，对文字有一种瘾。与发表无关，与获奖无关。正如作协主席铁凝所言："我最大的幸福是喜欢写作，我还能写作，而且，也没有人不允许我写作。"

世界很大，我在这里，花盛自心。对我而言，写字是命运，无可逃避。

清心

目录

第一辑　世界很大，我在这里

> 世界很大，我在这里。远方不过是一个悖论。真正的旅行，不是抵达某个地点，而是过好你的人生。去爱眼前人，珍惜正在拥有的一切。因为，只有自在满足地生活在此处，全神贯注地过好此时此刻，生命才会豁然开朗，充满希望。

把时间浪费在美好的事物上 / 3
拥有一颗植物心 / 5
等春来 / 7
我把活着喜欢过了 / 9
红尘之大，不过是诱惑之大 / 11
雾早就散了 / 13
临水照花，褪去浮尘 / 16
可以掌控的生命，一定是自己想要的 / 18
臣服的奇迹 / 20
是心是佛，是心作佛 / 23
撕掉消极的标签 / 26

把自己活成一个品牌 / 134
翅膀断了，心灵也要永远飞翔 / 138
真正的选择是勇于放弃 / 143
每天睡懒觉的你，有什么资格抱怨没有时间 / 146
用跟命运和解的态度，过随遇而安的生活 / 148
吃一些苦算什么，总比当寄生虫强 / 151
任你风卷云飞，我自微笑而立 / 154
看，我多么幸运 / 156

第四辑　不去开始的梦想，永远都是幻想

不去开始的梦想，永远都是幻想！生命只有一次，别让犹豫与挣扎浪费时间。去选择你最想做的事，享受追求梦想的快乐吧！别考虑太多，别追求完美。无论经历多少挫折与失败，你都要用一颗从容坚定的心，再次上路，不忘初心。只要不放弃，你想要的，岁月都会给你！

生命不过百年，为何不活得漂亮些呢 / 161
野心不能成就你，热爱可以 / 165
独自眠餐独自行 / 169
日落风清，山河寂静 / 172
控制了时间，就成就了人生 / 174
把时光用在重要的事情上 / 178
不是坚强，而是不敢辜负 / 182
放下过往，甩掉忧伤 / 185
最慢的是活着 / 188
幸福其实是一种满足感 / 191

目录

第一辑　世界很大，我在这里

世界很大，我在这里。远方不过是一个悖论。真正的旅行，不是抵达某个地点，而是过好你的人生。去爱眼前人，珍惜正在拥有的一切。因为，只有自在满足地生活在此处，全神贯注地过好此时此刻，生命才会豁然开朗，充满希望。

把时间浪费在美好的事物上 / 3
拥有一颗植物心 / 5
等春来 / 7
我把活着喜欢过了 / 9
红尘之大，不过是诱惑之大 / 11
雾早就散了 / 13
临水照花，褪去浮尘 / 16
可以掌控的生命，一定是自己想要的 / 18
臣服的奇迹 / 20
是心是佛，是心作佛 / 23
撕掉消极的标签 / 26

何必那么急 / 28

万缘放下，坐看云起 / 30

别被自己的希望伤害 / 33

成为自己眼中最美的风景 / 36

一切发生都不是偶然 / 38

尘土是干净的，倘若你的心里干净 / 41

悟入宁静，自得心开 / 43

尘世中的香，一朵又一朵 / 46

最美丽的莲开 / 48

花未开全月未圆 / 50

自己丰盈自己的杯 / 52

没有界限 / 54

事情再糟糕，也有变好的一天 / 56

梦里几度莲花开 / 58

姊妹花开 / 60

第二辑　世上没有什么能阻挡你，你的恐惧也不能

生命只此一世，活着的每一个日子，你要翻检所有的未完成，将它们完成！你要放下过去，让身体轻盈地飞！你要把这有限的生命活透了，向前走，成为自己想成为的自己！这是你对自己一生的承诺，世上没有什么能阻挡你，你的恐惧也不能……

做一个精神明亮的人 / 65

生命是自己的事 / 67

醒来 / 70

遗愿清单 / 73

两个人的孤独 / 76
精致的时间 / 79
原来你非不快乐 / 82
成为自己喜欢的自己 / 84
别抱着过去不放 / 87
穿越黑暗，让生命图腾 / 90
爱是生命最重要的财富 / 93
把不可能变成可能 / 96
活成一棵开花的树 / 98
世事安能皆如意 / 102
成功是舍得之后的专注，失败之后的坚持 / 105
让自己清澈些，让世界清澈些 / 108
上帝借了她的手 / 111
纵然爱梦难圆，依旧无怨无悔 / 117

第三辑　人生在世，不就是为了一场盛开吗

虽然生活时常有纷扰，像乱糟糟的行李在夜里散落一地翻箱倒柜时的心情。但关了灯，也还有满天关不掉的星星。也许明天是好天气，也许有人会让你很生气，但明天会到来，都值得庆祝和高兴。人生在世，不就是为了一场盛开吗？让花成为花，让草成为草，让你成为你，让我成为我。如同植物那样，按照自己的属性，生长成自己喜欢的样子。

那些来来去去的事，根本不值得在意 / 125
即使有无数个跌倒的理由，也别趴下 / 128
步步生莲 / 131

把自己活成一个品牌 / 134
翅膀断了，心灵也要永远飞翔 / 138
真正的选择是勇于放弃 / 143
每天睡懒觉的你，有什么资格抱怨没有时间 / 146
用跟命运和解的态度，过随遇而安的生活 / 148
吃一些苦算什么，总比当寄生虫强 / 151
任你风卷云飞，我自微笑而立 / 154
看，我多么幸运 / 156

第四辑　不去开始的梦想，永远都是幻想

不去开始的梦想，永远都是幻想！生命只有一次，别让犹豫与挣扎浪费时间。去选择你最想做的事，享受追求梦想的快乐吧！别考虑太多，别追求完美。无论经历多少挫折与失败，你都要用一颗从容坚定的心，再次上路，不忘初心。只要不放弃，你想要的，岁月都会给你！

生命不过百年，为何不活得漂亮些呢 / 161
野心不能成就你，热爱可以 / 165
独自眠餐独自行 / 169
日落风清，山河寂静 / 172
控制了时间，就成就了人生 / 174
把时光用在重要的事情上 / 178
不是坚强，而是不敢辜负 / 182
放下过往，甩掉忧伤 / 185
最慢的是活着 / 188
幸福其实是一种满足感 / 191

告别错的，才能遇到对的 / 194

得到与失去，关键在于选择 / 197

耐心些，你想要的岁月都会给你 / 200

第五辑　这一世，你是否爱得足够

　　这世间种种，没有一样比得上爱的意义。爱亲人，爱朋友，爱每一个当下，当然，也包括爱自己。离开这个世界之前，我只想问自己一句话，这一世，你是否爱得足够……

跟你在一起，我成了最好的自己 / 205

与珍贵的安分守己相比，年轻漂亮算什么 / 208

不能没有他 / 211

怜相伴，病相扶，心相牵 / 215

委屈了什么都不要紧，千万别委屈了爱 / 218

乌云终会消散于蔚蓝的天空中 / 222

爱在，没有拥抱又有什么关系 / 225

带着你飞 / 228

你知道怎样对他好吗 / 231

世间种种，没有一样比得上爱的意义 / 234

有他陪伴的日子，每一天都是花开 / 236

当父亲老成我的孩子 / 239

第一辑

世界很大，我在这里

世界很大，我在这里。远方不过是一个悖论。真正的旅行，不是抵达某个地点，而是过好你的人生。去爱眼前人，珍惜正在拥有的一切。因为，只有自在满足地生活在此处，全神贯注地过好此时此刻，生命才会豁然开朗，充满希望。

把时间浪费在美好的事物上

读《浮生六记》，遇到一个细节，意思是说：荷花朝开暮合。黄昏时，把茶叶放进去，晚上，花瓣把茶叶裹住了。次日早上拿出来，茶叶浸润了荷花的馥郁香气，真是沁人心脾……那样的情景，想想都是美的。一颗心雀跃着，迫不及待地打电话给女友。只是，这边我脸上的惊喜尚未褪去，她在那端却已经抱怨开了："每天忙得焦头烂额，实实在在的正经事都做不完，哪有闲工夫搞这些！"

她所谓的正经事，是陪孩子上各种补习班、择校、应付层出不穷的工作、晋升职称、关注股票涨跌以及处理纷繁复杂的人际关系。

毋庸置疑，这些都是我们每天必须面对的。只是，拥有了这些，我们就真的靠近幸福了吗？难道，生命就没有其他需求了吗？

答案当然是否定的。正如微信上最受欢迎的画家老树所言，一直以来，我们活着的目的太强了。从小到大，我们一直被教育去做什么，去追求什么。很少有人告诉我们，怎样才能让生命从物欲横流中超拔出来，停下脚步，听听风，看看花。老树的画很简单，几乎每一幅都是一树花开，一只懒猫，一个闲人。上面配的打油诗也很轻松自在，如同儿时课本上的桃花源记，在这个高压的社会里，不禁令人心生向往。比如，他在《一个书生的伟大理想》中写道：拥有一间小房，杂书堆满一旁，每天十点醒来，写写八卦文章。看似简单的愿望，在这个处处要求高速度的时代，早已成了难以抵达的彼岸之花。

还记得，一个画画的朋友曾经说过：这个世界太务实了，然而，真正的幸福，藏在看似无用的虚处，是那些忘我的时刻。

大学毕业后，她和爱人远离喧嚣的都市，住在贵州山区的一个小院里。每星期，只有一天工作，用她的话说，大部分的时间都用来浪费了。白天，画瓷、做陶艺、听音乐、跳舞、抄经。晚上，两个人背靠背坐在房顶上看星星。她告诉我，无论明暗、高低，还是月亮的面孔、星星的模样，每天晚上的夜空都是不一样的。遗憾的是，这样盛大丰富的美景，又有几个人注意到了呢？

大自然的美，从来不必太过有力。草原、云朵、树木、山河，都是温柔之下的勇敢。我想，成为一朵花，一定比赏花的心更加幸福安宁。

晚上，我在日记中写道：看，花都开好了。别忘了多出去走走哦。闻闻花香、吹吹春风、晒晒太阳……只要在心里开一朵花，天天都是好日子。

是啊，如果，这一世你没有真正地感觉到自己的呼吸、心的跳动，感觉到空气、花香、鸟鸣等一切周围的存在，又怎么能算真正地活过呢？

拥有一颗植物心

有些文字，天生是带着芬芳的。那么干净，那么纯粹，像刚出生的婴儿，透着一种醉人的美。

比如植物。

大千世界，植物无疑是最安静的生命。它们从不取悦别人，更不炫耀自己。不管你是否喜欢，是否看见，它们只是按照自己的属性生长。自己是什么样，就真实地向世界呈现出什么样。不矫情，不造作，安分守己，随喜赞叹。每一种植物，都是人类最好的老师。

走在路上，会遇到很多植物。姹紫嫣红的花、汹涌挺拔的草、郁郁葱葱的树……有的能叫出名字，更多的则并不为人所熟知。也许它们本身就没有名字，又或者，它们根本不在乎别人叫它什么。对植物而言，名字不过是个代号而已，有或者无，又有什么不同？它们只是静静地过好自己的小光阴，从来没想过让谁记得，更没想过要惊天动地。它们活在自己的美好里，它们惊自己的天，动自己的地！

朋友中，小悦是最像植物的女子。安静美好，从容淡定，精神明亮。平日，只穿棉麻的宽松袍子；喜欢种植花草，无论春夏秋冬，家里的每个角落都跳跃着生机勃勃的花红柳绿；性格温和，心灵宽阔，遇到不公平待遇不生气、不争辩、不解释。问她何以修炼至此，她微微一笑，说："每个人的悲欢各不相同，感同身受实在是太难了。

更多的时候,倾诉对他人而言,不过是打扰和吵闹。所以,我更喜欢和花草树木聊天。我想,如果我们能够成为一朵花,一定比观赏花更幸福、更安宁。"

是啊,时光越老,越喜欢向内收。远离喧嚣,生活至简。与自己做伴,与大自然相恋。我想,这就是最好的生活了吧?不急不躁,不追不赶,不贪不念。像植物那样,慢慢生长。寂静于暖,安然于甜。

世界很大,我在这里。沉默有力的植物让我们明白,远方不过是一个悖论。真正的旅行,不是抵达某个地点,而是过好你的人生。去爱眼前人,珍惜正在拥有的一切。因为,只有自在满足地生活在此处,全神贯注地过好此时此刻,生命才会豁然开朗,充满希望,翻开一片新天地。

人生有限,如果做不了最理想的自己,至少要像植物那样,有勇气去做真实的自己。浮世流光,岁月终会赐予每个人淡泊宁静。无愧于得,无惧于失。学会接受事物的本然,轻轻地经过我们。

雨晴云散,阳光明媚。登高一望,所有障碍皆成风景,省去多少穿梭……因此,要学会以最快的速度给内心的纠缠画上句号。生命路途中,愿我们都能拥有一颗植物心,自得其乐,醉心独处。我的拥有,就在我身。

等春来

夜深,雪还在下,细细密密的,如同一场湿润的风。我坐在书房,一个人看《等风来》。

电脑屏幕上,女孩系上安全带,有些紧张地说:"我准备好了,什么时候冲?"

男孩没吱声。

女孩一脸的焦急,"你别耽误时间了,快飞吧!"

男孩坐在护栏上,凝望着幽深山谷,平静地说:"无论你有多着急,或者多害怕,我们现在都不能往前冲。因为,冲出去也没有用,飞不起来的。现在,你只需要静静地等风来。"

这部滕华涛在尼泊尔拍摄的文艺片,这是我看的第三遍,镜头切换到此处,内心依旧被深深触动。

是啊,不知从何时起,我们的生活已经习惯了着急。早晨起床是着急的,刷牙洗脸是着急的,赶地铁等出租车是着急的,吃早餐是着急的,处理工作是着急的,甚至,连接个电话发个短信也都是着急的……

这是一个对速度上瘾的时代。我们置身其中,被一阵又一阵风裹挟着,盲目地向前,再向前……然而,自己究竟要去哪里?怎样才能获得幸福和快乐?什么样的人生才是真正的成功?这些我们好像都不清楚,也无暇细细考虑。大家只是马不停蹄地向前走,或者向前跑。似乎脚步一停下来，就会被别人远远地甩在后面。似乎一停下来，就会错过生命中稍纵即逝的风景。当然，最停不下来的是我们的心。每天，只要眼睛睁着，就有杂七杂八的事在里面奔腾，压得我们喘不过气来。

环顾四周，大家似乎都在着急。孩子为自己的成绩着急，家长为孩子的前途着急，老师为教学成果着急，员工为年终的绩效着急，领导为职务升迁着急……因为着急，我们的人生仿佛只剩下单调阴冷的冬天，不仅忘记了对镜子里的自己温柔地笑一笑，更忘记了在春天嗅一嗅草香，在秋天听一听叶落，在夏天看一看花开……

只是，何必那么急呢？你知道的，四季流转，春天肯定会到来。然而，在到来之前，如何度过寒冷的冬天，却是自己能够选择的。你可以让自己食不知味、夜不能寐地在焦虑中煎熬，也可以像冬天的树木、冰封的河流以及泥土中的小草那样，与自己轻轻拥抱，以耐心和爱，静静地，等春来。

浮世流光，不忘初心。生活本来是现成的。幸福从来不是拥有的足够多，而是享受当下的悠然自得，寂静欢喜。

山的后面，还是山，路的尽头，还是路。生命中最重要的，是拥有一颗从容的心。当你真正明白，不管人生的境遇如何，宁静都是送给自己和他人最好的礼物时，生命的春天就到来了。

我把活着喜欢过了

岁末，朋友圈热闹非凡，你方唱罢我登场，大家都在进行年终总结。

有的评上了副高，有的升职了，有的搬了新家，还有文友出版了新书，在首都举办了读者见面会……林林总总，此起彼伏，一片丰收景象。

此时此刻，望着悬在空中凉凉的薄月，我轻声问：亲爱的自己，2015年，你最大的收获是什么呢？

起初，跃入脑海的也是出版了新书、去远方的城市签售，以及欣赏了50部电影、阅读了60本书、坚持了七个月清晨健走……后来，心里又觉得不太对。这些只是罗列了年度完成的工作，却不能算是生命路途中最大的收获。

听着莫文蔚的《当你老了》，我想，最大的收获应该与幸福有关吧。从小到大，我们所有的努力，不都是为了追求幸福吗？

有人说，幸福藏在远方的某个拐角处。所以，大家总是习惯于踮起脚尖，很努力地眺望……上小学时，盼着上中学；上中学时，盼着上大学；等到上了大学，又盼着早点毕业参加工作。后来，在职场一路摸爬滚打，又开始盼着退休。心想，退休的人不用打卡上班，没有工作压力，每天浇浇花散散步，跳跳广场舞，那样的生活，一定很幸福吧？

事实上，所有这些不过是我们内心憧憬的种种幻觉。生而为人，既不能活在过去，也不能活在未来。我们所拥有的，只是一分一秒正在匆匆流逝的当下。我想，一个幸福的人，不论何时何境，都有能力把握住当下，让每一个此时此刻回归心灵的宁静。

有人说，生命如此丰富多彩，只有宁静是不够的，我还要快乐！我们所指的快乐，大多是感官的享受。但是，宁静带给我们的，却是发自内心的愉悦。比如，玩通宵网游与阅读带来的乐趣就不同。前者漂泊无根，关上电脑时一颗心是空的。后者则悠远而绵长，合上书依旧使人回味无穷。这就是宁静的力量。

我想，随着阅历增加，这一年，自己最大的收获就是渐渐拥有了保持内心宁静的能力。宁静可以驱散焦虑和痛苦，可以去除生命中那些可有可无的，只把最重要的留给自己。片刻之欢愉，不如须臾之宁静。宁静了，天就蓝了，山就绿了，整个人就幸福了……

人生苦短，除去睡眠，一辈子只有一万多天，一年只有100多天。人与人的不同在于，这一年，你是真的努力活过了100多天，还是仅仅生活了一天，却重复了100多次。

时光奔腾，岁月依旧潮涨潮落。好在，此时此刻，我能微笑着对自己说：亲爱的，你已无憾。因为，你把活着喜欢过了。

红尘之大，不过是诱惑之大

同学聚会，丽缇开着宝马，戴着价格不菲的首饰，可谓鹤立鸡群，光彩照人。只是，她的眼里却蓄着深深浅浅的忧伤。一声声叹息落下来，如同萎谢的花瓣，令人无比心疼。

丽缇说，这世间，最好的东西是酒。只有酒，可以让人暂时忘掉悲伤，得以在尘世麻木地苟且偷生。所以，她喜欢酒。常常是，喝着喝着就醉了，聊着聊着就哭了。

原来，在康奈尔留学时，她爱上了一个美国男人。只可惜，男人已婚，最重要的是，他不爱她。

如果就此放手，所有的纠结痛苦都会随风散去。遗憾的是，丽缇却不甘心。苦苦追求未果，为了证明自己的爱，她竟吃了100片安眠药……

只是，她不明白，真正的爱是不需要证明的。如果男人不爱你，你所做的一切，在他眼里都只是个笑话，你又证明给谁看呢？

从死亡线上挣扎回来，她决定离开美国这块伤心地，回国创业。她发誓，以后一定要让男人后悔，后悔当初拒绝她的爱。

然而，世间总是充满了各种遗憾。10年过去，她的事业如日中天，男人眼里却没有一丝悔意，甚至，再见面时竟然连她的名字都叫不出……

"美丽的容颜、成功的事业，女人想要的，我几乎都有了。这样优越的条件，为何过得一点都不幸福？"喝了酒，丽缇的目光里充满了伤感。

"因为你太贪了！自己已经拥有了那么多，还要去抢别人的爱。"没办法，在老同学面前，我总是一针见血。

接下来，我给她讲了小柳的故事。小柳是我的远房表妹。娇小玲珑，容貌甜美，在一家酒吧当调酒师。

说实话，我从未见过比小柳更快乐的女孩。她的笑容是快乐的，她的声音是快乐的，甚至，连她调制出的鸡尾酒，都散发着快乐的味道。

事实上，小柳的人生并不平坦。四岁时，父母出了车祸，双双离她而去，留下她跟体弱多病的外婆相依为命。高考时，因为生病影响发挥而名落孙山。长大后，辗转于不同的城市，做了很多工作，最后才在丽江落了脚，成为一名调酒师。

爱情也一样。青春年少，小柳也遇到过让自己心动的男人，也有过刻骨铭心的思念和深爱。但是，她懂得适时放手，让痛苦止于萌芽状态。现在，她已是一个三岁女孩的妈妈，爱人在酒吧做保安。每天，两人同吃同住，同出同进，幸福是刚刚出炉的面包，看得见摸得着。彼此相守的温暖，可以抵御所有的寒冷。

"不是我的我不恋。"谈到旧日情感，小柳的目光，干干净净，云淡风轻。

"我觉得，不贪的女人最幸福。我不贪你的地位，不贪你的金钱，不贪你的才华，甚至，不贪你的爱。岁月悠悠，我只过自己的小日子，你又怎么会让我痛苦呢？"

心不禁一怔。

原来，我们之所以不快乐、不幸福，皆源于一个贪字。

红尘之大，不过是诱惑之大。幸福的秘密是不贪。我的眼里，只装着自己拥有的。你再优秀，拥有的再美好再丰盛，又与我何干呢？

什么是幸福？身心安顿，不贪而已。

雾早就散了

汉字中，有一些词天生带着智慧的气息。似深谷幽兰，清远静美，沁人心脾。

那日幸甚，深夜阅读时得遇"空阔"二字，眼前不禁一亮，犹如拨云见日，阴霾了一整天的心情顷刻就阳光明媚了。

心空阔了，身体就轻盈了。像麻雀一样，飞飞落落间，满眼皆是蓝天白云。鸟儿虽小，玩的却是整片天空，人家揣的，是一份悠然自在的心境。

多么的好！花盛自心，真正的快乐，一直不在心外，只在心内。

空阔是豁达。看尽了世间荣枯，只想落个轻盈自由身。

袁宏道在《满井游记》中云：一望空阔，若脱笼之鹄。说的是眼前的景色空阔无边，心情像从笼中飞出去的天鹅般快乐。人被框住了，就是囚。纵是囚犯亦有放风的时候，若是心被框住了，漫漫人生，便只剩下独自苦苦挣扎了。唯一的救赎是去掉框框，像刚出生的婴孩一样，让心重新开阔，重获自由。

空阔是敞亮，是希望，是雨后的晴天，是雪后的净地，是冬去春来的新绿。

空阔是选择之后的放下，是放下之后的轻盈，是轻盈之后的飞翔。

空则物稀，阔则无际。这样的旷达，让人的心变大了，视野变宽了，目光变远了，万般纷扰霎时间皆如飞尘狂坠。

南北朝时，弘忍大师的弟子神秀做了一个偈：身如菩提树，心如明镜台，时时勤拂拭，莫使惹尘埃。慧能禅师听后，认为神秀停留在我执的境界上，尚未真正开悟，于是也做了一偈：菩提本无树，明镜亦非台。本来无一物，何处惹尘埃。意思是说：菩提不是树，明镜不是台。本来什么都没有，哪里能招惹尘埃呢？

如此佛语，真是禅意芬芳呢。

见过一个女子，奔四了，身材依旧苗条，眼神依旧清澈，笑声依旧清脆。

母亲去世后，父亲再娶。她握着继母的手，真诚的笑漾在脸上，暖暖地说："谢谢您，在以后的岁月里，愿意代妈妈照顾爸爸，我知道，您是上帝派来的第二个仙女，让我在这个世界上，又多了一个亲人。"

老公有了外遇。离婚时，她不哭不闹，十二分配合地在协议书上签了字。面对旁人惊异的目光，她说："缘分有长有短，有深有浅，不可强求。况且，离开一个不爱自己的人，是幸运的事，又何必伤心？"

自小，儿子的成绩只是中等。中考在即，许多母亲焦躁得成了热锅上的蚂蚁。有的托关系走后门，有的四处筹钱，准备给孩子买分，为了给孩子选择一所优秀的学校，一夜一夜地失眠……她却跟平时一样，早晨依旧悠闲地去广场跳舞，下班后继续打开电脑做自己的平面设计……

有人问："你为什么不着急？"

她笑着反问："我为什么一定要着急？"

"难道你不担心儿子的前途？"对方又问。

她再次反问："你为女儿做了那么多，孩子感受到爱了吗？真正的爱是无条件的。无论儿子考上大学与否，我都爱他！况且，孩子都18岁了，他有权利选择自己的道路，并对自己的未来负责。"

一颗心要多么空旷开阔，才能达到如此境界！

许多人不快乐，就是因为心里装着太多"小"。这些"小"拥挤着，像小兽的齿，啃噬着那颗蠢蠢欲动的心。聪慧的女子，懂得适时把那些紧迫的"小"扔出去，如此，不管她的年龄是春华还是秋实，心灵脱颖之日，即是生命晴天阔地之时。

一直喜爱波兰诗人米沃什的《礼物》：

> 雾一早就散了，
> 我在花园里干活，
> 蜂鸟停在忍冬花上面。
> 尘世中没有什么我想占有，
> 没有什么值得我去妒忌。
> 无论遭受了怎样的苦难和不幸，
> 我都已忘记。
> 我的心没有疼痛，
> 身体没有疲倦，
> 直起腰，
> 我看见蓝色的海和白色的帆，
> 多么快乐的一天……

是啊，好和坏都是暂时的，一切都会过去。要知道，乌云终会消散于蔚蓝的天空中……

临水照花，褪去浮尘

冬季休闲，我对泡室外汤泉格外钟情。时间最好是晚上。当然，如果能遇上一场像模像样的雪，那简直就是世间无与伦比的享受了。

夜阑人静之时，一个人，寻一处幽僻的小池，把整个身体放进灵芝汤的温暖怀抱里。寂寂夜空，片片雪花像漫天飞舞的精灵，只为我，汹涌而来……那一刻的绝美，在我心里，更胜于欣赏元宵节的烟花盛开。

张开双臂，仰起脸庞，任雪花柔柔地亲吻我的肌肤。雪花融入我的身体，我融化在雪的世界里。夜，安静妩媚，我惬意地浸在暖意氤氲的汤泉里，听雪落沙沙，看雪花轻盈，远离了尘世喧嚣，白日杂乱的心念渐渐回归宁静……

脑海不禁飘过诗人陆畅的《惊雪》：怪得北风急，前庭如月晖。天人宁许巧，剪水作花飞。我知道，此时此刻，自己亦成了脱离尘世的自由精灵。

真过瘾。

爱极了这种冷热交织、宁静安然的独特体验。此时，我在这里，我就是我，如此舒展，如此随性，如此孤独，亦如此快乐。

多么的美。一个人，可以什么都想，也可以什么都不想。这一刻，我与自己在一起。临水自照，我在最深的孤独里看到最真的自己。

孤独与寂寞不同。寂寞是四周充满光明，而自己却没有被点亮的感觉。而孤独是只有自己在。孤独的时候，你不会想念别人。孤独是一种主动的选择，孤独的人一点都不寂寞，他们和自己在一起。

张爱玲是孤独的。胡兰成称她为"民国时代的临水照花人"。不得不说，虽然他在感情上辜负了爱玲，但是，这世间，最懂爱玲的男人，唯有胡兰成。所以，爱玲叫他"我兰成"，那么傲气的她，为了他，宁愿低到尘埃里。

林黛玉也是孤独的。生活中，她像个旁观者，总是退到远处，冷眼看世间的喧嚣熙攘。她敏感、忧伤，一个人葬花，一个人落泪。她既是自己的导演，又是唯一的观众。因此，《红楼梦》才会如此描写她：娴静时如娇花照水，行动处似弱柳扶风，心较比干多一窍，病如西子胜三分。

只是，谁又能说，这两个女子不是美丽的呢？不仅美丽，而且清醒。她们一样孤傲，一样敏锐，一样的卓尔不群。孤独让她们知道自己是谁，同时，更让她们明白自己真正需要的是什么。

尘世纷扰。细想，我们已经多久没有为自己腾出时间看初秋的阳光透过绿叶投下的斑驳光影？多久没有心无旁骛地沉醉于一首动人的旋律？又有多久，没有静静地赏日出，看日落了呢？在通讯传媒高速发展的今天，我们淹没在无穷尽的信息里，我们的时间大把大把地荒掉，身心却像水中的浮萍，早已失去了根基。

年纪越大，越明白人只有在孤独中，才能梳理、整合并开始那个认识自己的过程。因此，每年冬季，我都会无比期盼这样的夜晚。一个人，一场雪，一池暖暖的泉水。没有网络、手机、噪声的干扰，让自己和自己在一起，面对一朵朵盛开的洁白，用心聆听内在的寂静之音。

身心疲累时，去泡一次雪夜汤泉吧。临水照花，褪去浮尘。经由孤独，成为自己。

可以掌控的生命，一定是自己想要的

不得不说，看电影不仅仅是娱乐，有时，还能影响一个人在某段时间的人生观。

拿我来说，自从 2010 年看了茱莉亚·罗伯茨主演的《美食，祈祷和恋爱》，我对吃东西这件事突然有了从未有过的向往。每每想到这个人见人爱的好莱坞大嘴美女在意大利大快朵颐的样子，我就再也不想怠慢自己的胃了。不是吗？人生本来就是一场盛宴。民以食为天，理所当然，这场盛宴应该从吃开始。

于是，我的阅读兴趣从文学转移到了菜谱，关注的博客也从作家换成了各式大厨，甚至连旅行亦变成了以品尝当地美食为第一目的。每天，我把大量的时间用在了厨房和餐厅，若是听闻哪条街新开了特色餐馆，必定要抽空前往享受一下。就这样，一年过去，我不仅丰富了自己的味蕾，同时，也使本就略显丰满的身材变成了地地道道的水桶腰。

以前的衣服穿不上了，没关系，咱去买新的。然后，我突然发现，那些我能看上的衣服，竟没有一件是为我准备的。一个人站在试衣间，身边堆着一件件拉不上拉锁扣不上扣子的漂亮衣服，那种沮丧与挫败感，我想，每一个胖子都经历过。

记得有人说过，女人的美在于凹凸有致，没有腰的女人是可耻的。终于，在一片"你又胖了！""你怎么胖成这样了？"的问询中，我下定决心让自己瘦下来。

  我不用减肥药,也不去健身房,我选择的减肥途径很简单,就是少吃,再加上适量的运动。那时,早餐我吃一颗鸡蛋和一根黄瓜。中午只吃蔬菜,主食就不要了。晚上则是一杯豆浆和一个苹果,睡觉前再喝一杯酸奶。运动我选择了跳绳。一般在晚上八点出去,在楼下跳一个小时。就这样,刚一个月,我就瘦了八斤。之后,仅仅过了半年,我的体重已经从原来的130,降到了90。现在,我的身体重新变得轻盈,穿着喜爱的裂帛民族风,飘逸在人群中,常常情不自禁地想照镜子。

  同事惊讶地问:"怎么减的?是不是遇到了魔法师?"

  我自信地笑着,跟她们调侃:"连芙蓉姐姐都变成美女了,看到她平坦的小肚子,我真的受了刺激。"

  也许有人会问,吃那么少,不会饿得发慌吗?说实话,开始肯定会的。但是,21天养成一个习惯,任何事,只要习惯了就好。现在,我已经习惯了每天不吃饱,只吃到不怎么饿。这种状态,我会一直保持下去。

  陈道明说:"做人最好的品质是节制。"这句话我非常喜欢。节制是一种自控,可以掌控的生命,一定是自己想要的。如果愿意,每个人都是自己的魔法师。

臣服的奇迹

前几天收到一封电邮,写信的人是一位中学老师,40岁,爱女正上初中三年级。信很长,絮絮叨叨地诉说着自己一地鸡毛的惨淡生活:工作压力大,身体健康每况愈下;女儿早恋,穿奇装异服,学习成绩一落千丈;更伤心的是,不知从何时起,她与丈夫的睡眠姿势也从曾经的脸对脸变成了背靠背……

"生活过成了这个样子,哪里还有幸福可言?今天,由于偷看女儿的日记,她跟我大吵了一架!情急之下,她竟狠狠地将我推倒在地,头也不回地摔门而去!那一刻,我觉得自己彻底崩溃了,真想从13楼跳下去……"

她的绝望让我想到了许鞍华的《女人四十》。婆婆去世后,家里的千斤重担全部压在了阿娥身上。要强好胜的她,人前强颜欢笑,心里的苦只有在一个人时才能宣泄。那日,天气晴好,她却抱着一堆衣服,在阳台上失声痛哭,一边哭一边说:"我太累了,我受不了了……"那种绝望与无助,没有经历过的人是无法体会的。

俗话说,人生不如意事十之八九,我们置身于层出不穷的困境中,身心俱疲,却又无力跃出。偏偏,那些我们很在乎的人,亦不按我们想要的剧本演出,常常让我们倍感失望。

那么,该怎么办呢?

难道,幸福真的是彼岸花朵,我们永远也闻不到它的芬芳吗?

当然不是。

告诉你一个秘密，其实，幸福一直藏在不远处，你只需转个弯就能看到。

美国心理学家曾经做过一项试验。他们找了100个自认为很痛苦的人，要求每人每天写出至少三个应该感谢的人，连续坚持21天。结果是，游戏结束时，所有的人竟然都觉得不那么痛苦了，甚至，他们还觉得自己很幸运，也很幸福。这就是积极心理学的正能量导致的改变。也就是说，你的脑子填满了什么，你的生活就会是什么样子。

再说说我的亲身经历。

儿子自小贪玩，电脑无师自通，唯独不爱学习，成绩在班里一直垫底。有一段时间，我软硬兼施，把能想到的办法都用上了，最终除了让自己越来越崩溃，竟是一无所获。后来，我累了，对这种没有硝烟的战争也实在是厌倦了，我决定不再纠结儿子的成绩，还他快乐，同时，也让自己解脱。

我安慰自己，儿子虽然成绩差强人意，总还有其他优点吧？于是，我发现他生性乐观、人缘好、善良、喜欢运动。最重要的是，他很心疼我，常常帮我捶腰踩背，干些力所能及的家务活……这么好的孩子，为何要天天挨骂呢？我无非是担心他考不上大学，将来无法过上自己想要的生活。可是，一切都是我的主观想象，我不是上帝，我怎么能确定事情一定会按照这条消极轨道向前发展呢？

我终于明白，孩子的将来并不在我的手中，我不过是想改变他的行为，好让自己心安，细想，这是多么自私而又愚蠢的行为啊！

于是，我释然了，也臣服了。臣服之后，海阔天空，我跟儿子越来越亲密了。

渐渐地，我发现，以后无论发生什么事，我都能以一颗平常心去积极面对了。而此刻，我只需尽情享受眼前正在拥有的一切。

如今，上初一的儿子已经懂得自主学习了，当然，他的成绩也很快提高了。

回信中，我写道：幸福是需要耐心和正能量的。所有的接受和臣服，最终都会将你带进宁静的状态。而只有在宁静的状态下，我们才有力量完成一些事情。这就是臣服的奇迹。困境面前，我放过自己了，你呢?

是心是佛，是心作佛

写完稿子，钻进 QQ 群跟文友聊天。正无关痛痒地相互调侃，某人突然冒出一句：姑娘们，有想去西藏的吗？

未料，短短 10 个字，竟是一石激起千层浪，刚刚还清寂冷清的坛子，顷刻水花四溅，热闹非凡。

我的心也动了。西藏一直是自己臆想中的图腾。虽然，由于各种原因至今未能成行，但是，多年来我却始终以飞翔的姿势蛰伏着，只待有朝一日，背起行囊，赶赴这场灵魂之约。

这时，一个平日喜欢潜水的朋友开口了：你们想过吗，自己究竟为什么想去西藏呢？

片刻安静后，大家七嘴八舌地开始回答了。

有的说：西藏有一种神秘的气息吸引着我。

有的说：站在西藏的山顶上可以摸到蓝天白云，还能看到传说中的星星点灯，真是太诱人了！

还有的说：我去西藏求佛。求佛赐我幸福，保我平安。

……

窗外半轮弦月，羽毛般悬在空中。我想，对我而言，西藏是飘荡的经幡，是跳跃的祥云，是前世的故人，是内心的思念。今生，我只想与之见上一面。

还记得，那年去鸡鸣山的永宁寺。身边，香客络绎不绝。大家都在进香许愿。求子、求平安、求财富、求幸福……

我低下头,目光落在身旁的禅垫上。明黄的绸缎上面,绣着一朵粉红的莲。这朵世间最干净的花,生着一张艳绝的脸。

僧人眼神清澈,笑容生动。他颔首合掌道:"施主慈悲,给佛上炷香吧。"

我微笑着摇头,只满心尊敬地望着佛。

那一刻,想起一首叫《曾经问佛》的诗:

> 曾经我问佛,为什么我没有美丽的容颜、曼妙的身材?
> 佛不回答。
> 曾经我问佛,为什么我没有显赫的家世、富有的父母?
> 佛不回答,只是默默地看着我。
> 曾经我问佛,为什么欢乐总是十分的短暂,悲伤却来得那么悠长?
> 佛仍然不回答我。
> 我的问题太多,佛从来不回答。
> 直到后来,我终于明白,
> 一切答案早已存在,却必须靠自己去寻找。
> 佛看我懂了,依然不语,却微微笑了。

《观无量寿佛经》里说:"是心是佛,是心作佛。"意思是,众生本来都是佛,迷失了本性就成了凡夫。凡夫回头了,如果作佛的心永远不变,就会真的成佛。

佛是过来人,人是未来佛。

很多人穷尽一生,四处奔波去寻找佛,我们要找那发光的、伟大的、灿烂的佛。我们不知道,因为佛离我们太近了,所以我们根本看不到他,就像我们看不到自己的眼睫毛一样。正如寂天菩萨所言：在念头与念头之间，那里就有佛。

幸福是自己创造的，福是自己修的，伞是自己度的，连观音菩萨都说求人不如求己，那么，除了自己，我们还能依靠谁呢？

年岁越长越明白，世上的一切事，求是求不来的。放下烦恼，就是快乐。

佛不语，我无言。这一刻，我与佛，只静静地互望一眼。

不能解决的问题，暂时交给时间。未来的岁月，已经写好了答案。

曾经，有女孩问："我是选择可以相守却难相知的 A，还是选择可以相知却无法相守的 B 呢？"

我略想了想，淡淡地答："实际上，你是没有选择的。"

生命中许多东西都是可遇不可求的，有时候，我们要学会一切随缘，顺其自然。

每个生命都是一本厚厚的书。爱自己，就要认真书写每一笔，做个创造幸福且努力接近幸福的人。

出道 21 年、红遍全国、发行过 22 张"国语"流行专辑的孟庭苇，自 2005 年复出后，将历年所发的新专辑版税全额捐出，资助偏远地区孩童的图书与营养午餐，并多次深入灾区从事公益活动，并捐助医疗物资和救护车，更为倡导无偿献血而亲自挽袖成为第一位在内地献血的港台艺人。如今，集"流行""宗教""公益"于一身的她，无疑成了许多人眼中最美丽的"三栖"演员。

月缺婉约，月圆浪漫，花开春到，花落秋来。佛前，我一无所求。因为，当我懂得惜福惜缘，怎样的生命都是好的。

撕掉消极的标签

不快乐、懒散、做事拖延、对生活缺乏热情、干什么都提不起兴趣……不知从何时起,这些消极标签像狗皮膏药,把我变成了连自己都十分讨厌的样子。

心烦了,就想吃东西,再加上不运动,体重日渐上升。不高兴了,就在淘宝上瞎逛,于是家里囤积了各种衣服、鞋包、首饰等零零碎碎的东西。周末不爱出门,一个人宅在家里,从早到晚窝在沙发里看美剧。饿了泡一碗面霸敷衍自己的胃,即使房间已经乱成了猪窝,也懒得站起身去收拾整理……就这样,我像突然出了故障的电梯,陷入了不上不下的"停滞期",各种失望各种崩溃,不用细说,你懂的。

好在,一个冬日黄昏,我遇到了舛田光洋的《扫除力》。这本薄薄的枕边书让我明白,日子之所以停滞不前,是因为无论生活还是内心,所有的空间已经被填满,没有地方再容纳新事物了。另外,平时被自己忽视的凌乱、灰尘、囤积,等等,其实都是负能量的表现形式。毋庸置疑的是,整洁有序要比杂乱无章更容易使人获得幸福感。那夜,我做了一个奇怪的梦。梦中,我持续向一个已经装满水的杯子里倒水,无法停止。多余的水溢出来,淌到了桌面上,化作了我的泪……

舛田光洋说,你所居住的房间就像你自己。每天扫除不仅能让房间变得干净整洁,还可以刨磨出一个人自身的光泽。久而久之,它甚至可以解决人生烦恼,提高工作收入,实现内心理想,圆满现实感情。这位日本畅销书作家提倡运用扫除力改善个人磁场和心灵，从而给自己带来正能量和好运气。

放下书，环顾四周。沙发上横七竖八扔着儿子的脏衣服、臭袜子；茶几上堆满了吃剩的果核瓜皮；还有餐桌、鞋柜、卧室等处，目光所及，到处都似刚刚被抢劫过，一片狼藉。

突然就掉泪了。

难道，这就是我现在的样子？究竟是哪里出了问题，我怎么能允许自己在垃圾场里生活了那么久？

摸着窗台上厚厚的灰尘，心似裂开了口子，一波接一波地疼。这一切都是我造成的！是我让自己的生活变得如此不堪！当然，我能让它变糟，就一定能让它变好！

我决心彻底扫除房间，给生命重新注入正能量。

说干就干。首先，我把房间细化成一个个小区域，每天晚饭后收拾一个地方，这样，既能清扫彻底，也不会让自己太累。接着，又把一些旧衣旧鞋清洗干净，装在袋子里放到垃圾箱旁，以备别人不时之需。然后，又将书房里不会再看的旧书旧杂志，统统装箱捐到乡村图书馆去……

任何辛苦都不会白费，经过一个月的忙碌，家里终于旧貌换新颜。连儿子都说，电脑键盘简直一尘不染，不洗手都不好意思在上面打字了。

通过扫除，我终于刹住了向下行驶的生命列车，找回了那个积极向上的自己。此刻，坐在窗明几净的客厅里，静静聆听着雅尼的《夜莺》，一度黯然的心终于晴天阔日了，那种感觉，真是美妙至极。

所以，房间脏乱邋遢的人，可以通过舍弃、去污、整理来实践扫除力，从改善房间的行动中，改善心态，改善其他事情，最终，改善自己的未来。

扫地，最终的目的是扫心地。删繁就简，让生命焕然一新。

何必那么急

伍迪·艾伦说，如果想让上帝发笑，把你的计划告诉他就行了。

世事无常，一些暗涌总是藏在生活的表象下面，不动声色地改变着一切。

比如，前些日子我曾一遍遍地跟儿子强调，近期一定要远离游戏，努力学习，争取期中考试在全年级提高 20 名。甚至，为了达到预期目标，我把具体的作息时间都帮他安排好了。中午利用饭前 20 分钟复习数学，晚上下了自习一边泡脚一边背英语单词，周末去辅导班补一补阅读和作文……

当然，我还盘算着自己的写作计划。趁这段时间单位不忙，晚上加加班，赶紧把欠着的几篇稿子完成，然后，再给手头正在写的长篇加个圆满的收尾……如此想着，一颗心如同三月的桃花，只待一场春风吹过，我和儿子就能收获满怀芬芳。

只是，前路茫茫，我忘了自己不过是蒙着眼睛走路的人，下一站在哪里，根本无法预知。

那天吃过晚饭，我刚坐在电脑前打开一个 Word 文档，甚至，连标题尚未来得及敲上去，电话铃就急促地响了。

老师告诉我，儿子在学校摔伤了……

心一下子提到了嗓子眼。匆匆赶到医院，挂急诊，拍片，最终儿子被确诊为右臂肱骨骨折。打了石膏，缠了绷带，医生嘱咐我，儿子必须绝对制动，不能碰撞，更不能写字。

我赶紧问："孩子什么时候可以上学？"

得到的答复是三个月以后。

脑袋嗡的一声，一颗心像失事的飞机，东倒西歪地跌下去。

一瞬间，生活成了餐桌，上面摆满了杯具。如此，别说提高成绩，休学这么长时间，儿子连升级都成了问题。

刚开始，我睡无眠，食无味，一颗心充满了焦虑。孩子的胳膊能康复吗？会不会留下后遗症？落下的功课怎么办？如果赶不上进度，难道真的要留级吗？如果孩子不同意留级，我该如何说服他？另外，我天天在医院陪床，稿子肯定完不成了，我怎么跟责任编辑交代？还有那个写了一年的长篇，如果误了交稿期，很可能错过今年出版的机会……

那段时间，天阴，心暗，我一夜一夜地失眠。好在，我有个当心理咨询师的朋友。看到我一脸憔悴的样子，他说，人生路上，每个人都不可能一帆风顺。当变故袭来，恐惧和逃避都不是办法，只有学会与无常共处，才能尽快找到正确的路途走出困境。

我听了他的劝，不再让自己陷入焦虑中，而是让心静下来，尽母亲之责，照顾好孩子的饮食起居。至于学习，我想，等孩子身体好一点，可以找老师补补课。如果孩子能跟上，就升级，实在跟不上，就留一级。期间，我又在QQ上留言给编辑，告知他们由于孩子摔伤了，稿子无法按时完成……

周国平说，把心灵安顿好，把身体照顾好，生命路途才能花香满径。是啊！何必那么急？孩子留一级又怎样？书晚出一年又怎样？花的每个季节都有它的意义。当生命遭遇无常，与其陷入漫无边际的妄想和恐惧中，不如安于当下，学会与困境共处。看花缓缓开，让生命成为从容的过程，宁静相待，了然欢欣。

万缘放下，坐看云起

浏览胡因梦的博客，最令我心动的，不是一篇篇关于心灵方面的著作和演讲，而是她把自己的名字用"活在世间，却不属于它"这句话来代替。

真是脱俗。人在世间，心在世外，凡尘的烟嚣琐碎能奈我何？

照片上，她一袭绸质白衣，宽松的阔腿裤，自己打理的朴素短发。阳光撒在她安静的脸上，透着芬芳禅意。身旁，润泽透明的玻璃杯，盛着清凉洁净的白水。远处，浩瀚的大海，波澜壮阔。多么的好。山光凝暮，江影涵秋，一身轻盈去闲愁。

她知道，寻找喜乐要向内而不是向外。她更明白，怎样运用超拔的智慧，把凡俗意义上的活着变成真正地活过。

浊浊尘世，她以独特的优雅淡泊，轻盈执伞，安然坐在清爽干净的台阶上，俯视着泥泞路上奔波挣扎的滚滚人流，目光漾满了恩慈与同情……

只是，脱俗并不代表内心就幸福快乐了。如果俗世是茫茫江水，那么，人就是水中的鱼。谁都知道，鱼在水里才能悠游自在。然而，脱俗却是要离开水，用尽力气从水里跳出来。因此，脱俗的女子，在奋力跳跃和仰望云端的时刻，往往比庸常的女人更疼痛，同时，也更艰辛。

不禁想到那个叫杜十娘的女子。她的美艳凄凉，清醒决绝，曾经让年少的我落了不少眼泪。

身处烟花巷,却偏偏追求什么劳什子爱情。爱情是什么?古往今来,爱情一直是女人心里最美的梦。是梦就虚幻,是梦就会惊醒。难道她不知道吗?人生在世,终究爱梦难圆。现实是,你很好,却不是我的梦。我爱他,他却着迷于另一个女人。爱情从来都是阴错阳差的,更何况她只是一个堕入青楼的烟花女子,在花钱买笑的嫖客堆里寻找爱情,不是天方夜谭又是什么?

然而,十娘就是十娘,她偏偏要找,偏偏要试,偏偏要赌一把,即使赔上性命亦在所不惜。

虽然,她有很多理由活下去,也有很多机会留住李甲的爱情。她完全可以拿出价值连城的珠宝,睁一只眼闭一只眼,像大多数女人一样,糊里糊涂地苟且一生。然而,她没有。宁可玉碎,不为瓦全。她甘愿舍弃生命,也不愿用自己心里珍贵的玉,换取李甲那颗伪劣的珠。她输了。自己千挑万选认定的爱,亦不过是一晌贪欢,转首负情。她终于明白,她遇到的所有男人,不过都是生命过客。林花谢了春红,太匆匆。经不起掂量,更经不起考验。她是真的没有留恋了。这个苟且的世界,这些苟且的人,不要也罢。于是,仅仅19岁的她,轻轻一笑,义无反顾地选择了怒沉百宝,投江自尽。

女友感叹道:"这个糊涂的女人啊!"

十娘果真糊涂吗?我倒觉得,她实在是太清醒了!俗世的规则,她不愿弯下腰去迎合。她宁可疼痛,亦不愿麻木。宁愿放弃,亦不能苟且。她是如此的超凡脱俗,只轻蔑地看了一眼人世,就转身去了。

英国诗人艾略特曾经写道:"我对自己的灵魂说,要静静地,不怀希望地等待,因为希望常常是对于错误事情的希望;不怀爱情地等待,因为爱情往往是对于错误事情的爱情。"虽然有些悲观,却也道出了残酷的人生真相。脱俗的女子比我们更早更清晰地看到了这些真相,因此,她们比融入尘世的女子活得更孤独,同时,也更疼痛。

安妮说:"我惧怕生活的麻木把我淹没,只能一次次地奋力跃出海面寻求呼吸,宁可被捕捉,也不愿被窒息。"

脱俗的女子是美丽的。清醒、自立、果决、勇敢。无论从哪个角度欣赏,都荡漾着掩饰不住的风情。

最是脱俗起风情。万缘放下,坐看云起。自有清净之莲,在心湖缓缓开放。

别被自己的希望伤害

每年过生日,都会有人祝你生日快乐。可是,没有人知道,你的心里真的不快乐。

为什么不快乐?

因为失望。你觉得,这世间,希望仿佛就是给失望准备的。几乎每次生日,你的期待都会落空。

先说说那个在户口本上是你丈夫的男人吧。结婚后,他的记忆力明显减退了。如果不提醒,几乎每年都会忘记你的生日。另外,即使某一年突然记起,也懒得买礼物哄你开心了。

他最常说的一句话是,都老夫老妻了,没必要搞那些形式。只是,他不知道,很多时候,女人就是靠那些形式获取快乐的。这就好比撒在羊肉串上的椒盐和孜然,没有这些也可以吃,但是,味道明显差远了。

当然,即使他心血来潮买了件礼物,也显然不会像恋爱时一样为你精心挑选了。他买的东西,绝对不是你需要的,更谈不上心仪已久了。

总之,他的浪漫仿佛在恋爱时全部用尽了。你感觉,在他心里,自己如同一件穿旧的衣服,被他搁置在衣柜里,极少想去呵护一下。

最大的问题是,你明明知道会失望,每年过生日,却还是一如既往地去希望。所以,你的生日总是过得不快乐。

再说说生命中的其他人。

你觉得,在你生日时,某个人应该寄一份礼物给你。礼物不在轻重,只要证明他记得就OK。因为,你在QQ上写明了自己的生日。而且,生日到来之前,每个好友都能看到空间自动发出的提醒。甚至,你觉得不寄礼物也可以。只要发一条短信,或者发一份QQ虚拟礼包,送上真挚的祝福你就心满意足了。

于是,你开始盼啊盼。时间一天天过去,你的空间已经收到了几十份礼包。其中,有很多都是素不相识的人发来的。可是,直到生日过完了,你也未能等到那个人的只言片语。

深夜不眠。望着满天繁星,你的心像被掏空了。此时此刻,你的脸上一点笑容都没有。这样的生日,又怎么能快乐呢?

还有你的女友。你清清楚楚地记得,去年她过生日,你买了件大红的披肩给她。当时,她开心地抱着你亲了又亲。现在你过生日了,从早到晚,别说送来礼物,甚至连一条祝福短信都没有。

你不明白,为什么你心里总是想着别人,别人却偏偏会把你忘记呢?都说来而不往非礼也,可是,你拿他们又有什么办法呢?

还有你的宝贝女儿。都说女儿是妈的贴身小棉袄。女儿过生日,你可以花数千元给她买她最喜欢的平板电脑。而且,还要从里到外给小丫头换身新衣服。你曾经也是个小女孩,所以,你知道女孩爱美。女儿的快乐,就是你的快乐。所以,女儿过生日,是你一年中最快乐的时光。

可是,你过生日就不一样了。首先,小丫头每天不知在忙些什么,反正,如果不提醒,她肯定不会记得妈妈的生日。其次,让小丫头把自己的零花钱全部拿出来,送你一份礼物,这个想法几乎不可能实现。现在的小孩聪明着呢。总有一大堆理由等着你。比如,妈妈过生日,应该送我一份礼物哦。谁让我是你身上掉下来的肉呢?再比如,你跟她索要礼物时,她小手一伸,振振有词地说:"只要给我足够的钱,你想要什么,我就帮你买什么!"

最后,还是你妥协了。算了吧,别再谈礼物了,小丫头的作业还没写完呢。于是,你赶紧催她写作业。陪她坐在书桌前,你早已忘记了今天是自己生日这件事。你只看到女儿又粗心了,数学题做错了好几道。听写时,英语单词有好多都没背……你一着急,又开始唠叨了。女儿烦得堵住了耳朵,母女俩不欢而散……

你的生日,就这样过去了。你不快乐,也没办法快乐。年复一年，你在一个个不快乐的生日里一天天老去。

只是，你想过吗？生日是自己的，为什么非要把希望寄托在别人身上呢？他人不是自己，又如何能了解自己的需求呢？其实，一直以来，不是别人让你不快乐，而是你自己让自己不快乐。

我觉得，生日完全可以这样过。

把希望寄托在自己身上。不去管别人是否记得，不去奢望别人送自己礼物。内心不期冀，也就不会感到失望。

首先，生日那天，不管工作多忙，都要尽量休息一天。

早晨，舒舒服服地睡到自然醒。然后，对着满窗阳光，开开心心地说一句：祝我生日快乐。

给自己做一份丰盛的早餐。牛奶、面包、豆浆、火龙果、鸡蛋。该有的营养，一样都不能少。并且，告诉自己，以后，每天的早餐，都要这样吃。

出门。把心仪已久的那件衣服买下来。喜欢什么，可以再送自己一件。别忘了，今天是你的生日。辛苦了一年，你完全可以对自己奢侈一下。

中午，可以约几个朋友一起吃饭。当然，如果喜欢清净，也可以一个人吃。其实，快乐与否跟身边的人没有直接的关系，关键在于自己的心境。

下午，去美容院享受一下，做个香妃SPA。如果喜欢，还可以换个发型，让自己有一些改变。

回到家，你穿着新买的漂亮衣服，一改以前的抱怨，快快乐乐地跟家人说："今天是我的生日，亲人们，祝我生日快乐吧！"

你快乐了，家人就快乐了。一切就好起来了。

喜欢什么就去做，不要让别人猜，更不要期待别人来帮你实现。记着，只有自己最了解自己，把希望寄托在自己身上，好好爱自己，生命的每一天，才能幸福快乐。

记住，别被自己的希望伤害……

成为自己眼中最美的风景

常常,我喜欢站在一盆花前,静等它的开放。

偶然,凭着一颗耐心,或许能够等到。但是,大多数时候,它总是在我做事时,跟朋友聊天时,夜晚睡去时,抑或仅仅是坐在阳台发呆时,于不经意间哗然绽放。

一朵花,就这样,以义无反顾的姿势,走向生命的辉煌。每一片花瓣,似透着无尽禅意,飘扬起满室芬芳。我轻轻俯身,静享它令人迷醉的清香。久久地,注视着它优美舒展的身姿,感到生命中最盛大的时刻,于瞬间呈现。

虽然,一朵花绽放过后,是无处可逃的凋谢。然而,如果你认为花终究要凋零,看到花时就会感到难过忧伤;如果你认为花是变化着的整棵树的一部分,就会欣赏到花的美丽;如果你明白花开花谢表示树要结出硕果累累,你就理解了生活!

"盛开"这个词,我自小就非常喜欢。默默读着时,唇齿轻动间,心会为之触动。如同第一次听到朴树的"生如夏花",被一种力量与追问猛然惊醒。心似被小兽的齿一下下啃噬,泛起一波又一波的疼痛。

知道,这个词拨动了内心深处的那根弦。关于努力、奋斗、希望、失望、无奈、宿命。还有生与死、得与失、爱与恨,等等。

寂静的深夜,我一遍又一遍地问自己,你的生命盛开过吗?难道你这不复回返的一生，仅有一次的生命，就这样，不曾开放就走向寂灭吗？你如何忍心，又怎能甘愿？

内心有一个声音在升腾：活成一朵花吧！长成一棵树吧！

花、树，以及静默的大山，都是我一直朝圣的对象。在我心中，它们的力量与丰盛，世间无物可比。生命若能与斯接近，所谓的遗憾，又从何而来呢？

然而，怎样的生命才算盛开过呢？

我想，生命的盛开，应该是聆听内心深处的声音，寻着心灵的方向，抵达生命的意义！即使终生不能到达，只要在努力靠近，亦是另一种盛开吧。

盛开可以呈现出很多方式。关于爱与被爱、拥有与付出、幸福与艰难、成功与失败，等等。

生命的土壤有着血汗浇灌出的潮湿，散发出凄凉却无比诱人的气味。如同土豆，在黑暗中成长了多少时日，历经多少寂寞与孤独，终于依着那股执着向上的力量，得以被阳光的手抚摸。那种温暖与灿烂，是每日被阳光照着的生命无法体悟的。

对于大多数人来说，生命的盛开都只是彼岸的花朵，可以眺望，却始终没有合适的船泅渡。但是，世间总有一些人，宁愿一直航行在海上，无畏风浪，向着心中的彼岸努力靠近。他们从来不问结局，不计得失，亦无关成败。他们就这样走着，成为自己眼中最美的风景。

一切发生都不是偶然

三年前,我曾收到过一份礼物。长条状,表面光滑如缎,外形有点像超薄手机。那是迄今为止,我得到的最特殊的礼物。

不夸张地说,这个礼物很特别。它魔力四射,可以瞬间改变你习以为常的枯燥生活。有了它,你可以立刻停下匆忙的脚步,不必陀螺似的朝九晚五挤公车;你还可以获得至少三个月的假期,不必看老板阴晴不定的脸色;你甚至可以随心所欲地听音乐看电影,尽情地赏日出观日落;它让你一下子从琐碎的日常中抽离出来,不必考虑孩子的校服是不是该洗了,厨房的煤气灶为何常常打不着火等问题;另外,你还可以与亲朋好友团聚,被久未谋面的温暖层层包裹起来……

当然,这份礼物还会使你的人生观发生改变。你发现,自己曾经认为非常重要的事情,突然就变成无足轻重了。比如,以前我对错综复杂的人际关系总是耿耿于怀,这个礼物使我明白,患得患失的焦虑除了使自己不快乐,对任何境遇都于事无补。何况,我只是一个普普通通的女人,我没有能力也没有必要让所有的人都喜欢我。我终于觉悟到,只要做好自己该做的,无愧于心,其实已经很好了。

另外,从十月怀胎开始,跟许多望子成龙的母亲一样,我下定决心要把儿子培养成才。为了不让他输在起跑线上,从肚子里的胎教,到出生后的各式培优班,我带着他风里来雨里去,不敢有丝毫懈怠。然而,偏偏儿子是个多动且贪玩的孩子。不止一个老师告诉我，每节课他最多能听三分钟，之后不是搞小动作就是跟周围的同学交头接耳。

面对孩子不堪的成绩，我哭过闹过，也骂过打过。甚至，在得到这个礼物的前一天，我还歇斯底里地恐吓儿子说，如果这次期末考试他的排名依旧在 30 名以外，我就不活了。好在，这个礼物及时地来了。现在，我是多么感谢它。它让我明白，当我为一件自己无法掌控的事情而焦虑时，我的内心是何等的懦弱无力。当我把自己的不安全感强加在幼小的儿子身上时，对他又是何等的不公与残忍。这份突然降临的礼物，把我的视线从儿子的成绩上移开，温柔地落在了他的身上。我看到，他的眼神那么清澈，他的笑容那么灿烂，他的心地那么善良，他的性格那么乐观……这一切的一切，以前我怎么就没有发现呢？此刻，我们在一起，享受着人间最美的天伦之乐，这是多么幸福的事情。

当然，得到这份礼物之前，我还渴望过爱情。很长一段时间里，我总觉得自己的婚姻是在对的时间遇上了错的人。一如《廊桥遗梦》中女主人公所言：他很好，却不是我的梦。在我眼中，真正的爱情是两情相悦的怦然心动，然而，在一起越久，越发觉我们在许多方面都"驴唇对不上马嘴"。于是，日积月累，一次次失望让彼此的相处越发不堪。甚至，在一些不眠之夜，望着天空清瘦的月牙儿，我曾多次想到了离婚。还是这份礼物，它用魔力助我脱离苦海，让我放下不切实际的幻想，心甘情愿地臣服于当下。几乎是一瞬间，它使我看到了爱人身上一直存在而我却从未发现的优点。孝顺老人、对家庭有责任感、脾气好、任劳任怨、宽容善良、生活节俭、值得托付终身，仔细盘点，这些已是稀有的长处，他竟然全占了。虽然，他依旧吸烟，依旧安于现状，依旧木讷缺乏幽默感，但是，这个礼物使我降低了期望值，它让我明白，快乐是一种独立的精神状态，只能在自己心中培养，不能靠别人给予。最健康的爱是这样的——

你自身已经感到圆满，然后，把你对自己的爱延伸到别人身上。

那么，这个礼物究竟是什么呢？怎样才能得到它？淘宝上可以买到吗？多少钱？

现在让我来揭晓谜底。它的价值大约两万元。三年前，在一个极普通的下午，我与它不期而遇。它叫腹壁硬纤维瘤，长11厘米，宽4厘米，是一种极易癌变的带状肿瘤。它的到来，不仅让我做了长达四个小时的手术，且在医院放疗化疗了整整一个月。现在，我的健康已无大碍。只是，我的腹直肌上多了一块人造纤维膜，它像补丁一样缝在了上面。只是，即便它是美国进口的，依旧没有一点弹力，这就预示着，从此以后，我再也不可能生小孩了。更悲催的是，它的复发率是75%，也就是说，几乎每个患者都会经历复发之痛。

我想说的是，当生活中突然出现一些避之不及而又前途未卜的变故时，不妨把它当成命运安排的礼物。它让我们看清了生活的真相，并且找到了通向幸福的路途。我感谢这份特殊的礼物。它让我明白，一切发生都不是偶然，它的唯一目的就是帮我遇到更好的自己。

尘土是干净的，倘若你的心里干净

一别尘埃，这四个字真让人欢喜。初次相遇，是在文友飞红的博客里。

彼时，我正怏怏地坐在电脑前，一颗心因尘世的繁杂笼罩了点点灰暗。书房里，窗帘遮了半壁阳光。蔡琴的歌低沉而忧伤，犹如一声声叹息，秋叶般，落下来。

就在这时，飞红的微博跳出来，似暗夜点起的火把，顷刻明亮了我的眼睛。

他说：持清晰之思想达澄明之境界，此远非庸碌狡黠之心计所能及。个中乐好，一别尘埃。若松风，如霞云。万泉应和，高山仰止。

一别尘埃，一别尘埃……这个词如此美好，像是从心上长出来的，每念一遍，心就欢喜地开一次花。那一刻，仿佛世间的烦恼真的风吹云散，倏然间离我越来越远。

记得小时候，每年的腊月二十四，家里总要雷打不动地擦窗除尘。奶奶说，扫尘能将晦气和霉运驱赶走，所以，勤劳的人都要干干净净迎新年，图的是给来年带来好运气。

长大些，发觉很多人虽然把家打扫得窗明几净，却唯独忘了清理自己的心灵。殊不知，人在旅途，不可能时时清风朗月，处处鸟语花香。不管我们是否愿意，装着经年过往的行囊里，都会背负些沉甸甸的无奈与委屈。这些不堪，尘埃般一粒粒搽在心里，渐渐使我们丢了喜乐自在，少了安然宁静。

佛家云，明心见性；儒家云，修身养性；道家云，清心寡欲。不管是哪一家，目的都是让人们拂去心灵的尘埃。也就是说，只有把心灵的尘垢清洗干净了，你才会远离幽怨是非，放下你争我执。你才能把自己放进阳光里，静静地泡一杯茶，让世事山河尽洒杯中，尘世浮烟归于纯净。

小城有这样一个女子，不仅身高只有一米三，而且五官错位，下巴上翻，右边的脸比左边大了足足一半。走在街上，常会有三五成群的小孩跟在她后面，一边向她扔石子，一边大声喊着："怪物，快来看怪物……"因为相貌丑陋，人们投到她身上的目光，多是带着刺的嘲笑。那些锋利无情的刺，足以扎得她身心剧痛。换作一般的女子，肯定伤心至极，难过得怯于出门。她却不，依旧每天打扮得漂漂亮亮的，看到谁，都一脸阳光地主动打招呼。甚至，当有的小孩骂她的时候，往她身上吐唾沫的时候，她的眼里不仅没有怨恨，还会默默地为他们祈祷。

"你在祈祷什么？"我好奇地问。

"我在祈祷上帝原谅他们。他们还小，根本不知道自己在做什么。"

多么美好的心灵！身处逆境时，她没有用糟糕去对付糟糕，也没有用黑暗去面对黑暗。她用善意的微笑面对一切的不公与侮辱。因了爱和宽恕，世间再多的灰尘都污染不了她清澈的心灵。

世间最幸福的女人，是无俗心的女人。正如作家项丽敏所言，无论世界如何年老，你都要做她初生的孩子。接受吧，不要抵御。尘土是干净的，倘若你的心里干净……

微风悠闲，流云自在。一别尘埃，菩提花开。

悟入宁静，自得心开

除夕，远方好友发来短信：又过年了，惊！

最后一个字，以及紧随其后的感叹号，如同一声接一声的叹息，重重地落在心上。

她是典型的励志女。大学毕业后，辞职、离家，奔波于各大城市间。她以为，每一个远方都能抵达自己的理想。然而，走得越远越发现，历尽千帆皆不是。如今，8年过去，已经32岁的她，依旧孑然一身，每天5点起床挤公车，住在租来的房子里，以朝九晚五的辛苦工作维持生计。

我知道，她的惊，不仅仅是在感叹时光的飞逝，而是奋斗了这么多年，最终收获的，却不是出发时内心向往的样子。

"现在，我甚至开始怀疑，当初选择离开，究竟是错还是对。"说这些话时，她的声音透着无奈的沧桑。

其实，她不明白，一路走来，看过了不同城市的星空，她手里握着的，早已比刚出发时不知丰盈了多少倍。

她只是有点急。因为急，来去匆匆间，多了奔波，却少了快乐。眼睛只盯着结果，而忘了欣赏路途两边的风景。

孔子说，欲速则不达。破茧成蝶也是这个道理。蝴蝶只有经历了疼痛艰辛，才能换来日后的翩翩起舞。

给她回短信，只有简单的两个字：不惊。

是的，不惊。

《菜根谭》中的《闲适》写道：宠辱不惊，闲看庭前花开花落；去留无意，漫随天外云卷云舒。不惊这个词，很淡定，很饱满，读来有一种不凡的气象。

闲暇时，喜欢听佛乐。尤喜《心经》。寥寥 260 个字，我听到了从容淡定，听到了宠辱不惊。同时，也听到了大文采，大智慧。王菲风一般自由空灵的声音，如同天籁，使一颗心渐渐走向宁静。

也喜欢欣赏法国画家米勒的作品。在《牧羊女与群羊》《拾穗者》《晚钟》等作品中，我看到的，也是不惊。他用流畅沉静的色彩，呈现给世人一幅幅庄重静谧的画面。画中的人物，纵然命运艰难辛酸，眼神中依旧充满了爱和希望。正如米勒自己所说，虽然生活是悲苦的，但是，我决不忽视春天。

所有男演员中，我唯独喜欢陈道明，不是因为他长得帅。事实上，与那些风头正劲的偶像派相比，他的确老了。然而，他身上有一种风骨，有一种气场。从《黑洞》《康熙王朝》，再到与巩俐合作的《归来》，他演绎的人物，自内而外散发出来的，皆是寒梅傲枝、波澜不惊。陈道明的珍贵，在于一直做自己，且只做自己。光影如露，日影如飞，他一直在那里。以前是，现在是，以后，依然是。

还有著名作家安妮宝贝。2014 年 6 月，她的最新散文集《得未曾有》在全国出版发行。让众人惊讶的是，这本关于旅途的书，她用了新的笔名。面对众多猜测，她淡淡地说："这次改名并不代表安妮宝贝的消失，所有新的发生，建立于原先，而不是离开自己的过去。我选择了一个极为简单的名字，更多理解应在意会之中，无须解释太多。"有网友评论说，庆山这个笔名更符合安妮当下的品位和心境，从《莲花》到《得未曾有》，她的生命和作品都经历了蜕变和提升，越发具有禅意。

一直以来，安妮不讲座，不签售，不参加任何抛头露面的文学活动。她经常一个人旅行、写作、习禅、喝茶。喜欢以一颗孤单坚定的心，向着自己选择的方向，默默精进。

有读者问："安妮，你是怎样追求内心的平静生活的？"她的回答是："我没有刻意追求过内心的平静，因为它无法被追求。平静是一朵花，盛开在磨砺和跋涉之后。另外，平静不是恒定，它是波动变化之中的平衡。"

有人说，读着安妮的文字，再浮躁的心都能安静下来。

依旧是不惊。

不惊是素质，是顿悟，更是境界。

万物化尘，随喜赞叹。悟入宁静，自得心开。

尘世中的香,一朵又一朵

清明节,女友回乡下看母亲。临走时,她对我说,尘世纵然再美好,遗憾的是,最爱我的人在天上。望着她孤单的身影,眼睛顷刻模糊了。

然而,刚刚过了三小时,电话那端,已经传来她欢喜的声音:"你猜,我妈的墓碑上长了什么?"我在这边花啊草啊地说了好几种,都被她兴冲冲地否定了。

她开心地告诉我:"你能想到吗?竟有蜜蜂在我妈的墓碑上建了巢。一个个正六边形拼在一起,如同绽放的簇簇花团,绝对是精心雕刻的美丽建筑。亲爱的,以后我妈有蜂蜜吃了!她在天堂有福啦!"

那一刻,我的心轻轻漫过一汪水。她是多么热爱生活的女子啊!在这个天天堵车、处处尾气、水质超标、防腐剂泛滥的年代,她不抱怨不消极不放弃。时光流转,云水千年,不论境遇如何,她总是能够捻一缕尘香,平静喜悦地盛开在自己的美好里。

在老家,她从不与同学朋友联系。每天,从早到晚,只跟父亲在一起。给父亲擦玻璃、清洗床单被罩、陪父亲聊天、亲自做筋道的手擀面跟父亲坐在院子里的小方桌旁一起吃。晚饭后,挽着父亲的手臂,在附近的小河边散步。水流潺潺,她依在父亲肩头,仿佛听到了儿时的欢声笑语。

有人问她:"你为何总是这样快乐?难道,你的生活就没有忧愁吗？"她喝一口苦丁茶，静静地说："当下发生的一切，全都是你心性的映照。你美好，这个世界就美好。也就是说，是你的心念创造了世界的样子。人生苦短，快乐都不够用，哪有时间浪费在忧伤上？活着，就要用心去捻一朵又一朵尘世的芬芳。对我而言，母亲去了，这世上，父亲无疑是最香的那一朵。"

那一刻，她的话让阴云密布的天空升起了太阳。春秋任它来，去泥污更溢花香。用心去捻尘世芬芳。多么美，又多么好。

保罗·科埃略说：生命的每一天都存在着各式各样的美好，问题只是你有没有注意到这些美好。如果你把每天都看成是相似的，那么，活着也太无趣了。

是啊，美好无处不在。它存在于蓝天白云里，存在于爱人深情的眸子里，存在于孩子的笑容里，也存在于迎风低语的树叶里……只可惜，现代人的烦恼太多。他们每天在心里打着算盘过日子，整颗心被欲望和负面能量操控，早已失去了发现美的眼睛，更缺少了捻一缕尘香的心情。

一直记得，小时候，有一天晚上，父亲用自行车驮着我回家。以前，乡下全是凹凸不平的土路，再加上父亲的眼睛深度近视，一块石头轻而易举地将我们绊倒了。我的左腿受了伤，向外渗着血。不知是因为疼痛还是恐惧，我"哇"的一声哭起来。父亲微笑着，用左手指着天空对我说："快看，星星在跳舞呢。"我擦干眼泪，抬起头，看到无数星星眨着调皮的眼睛，如同成千上万个小精灵在表演节目……

第二天到医院一检查，才发现父亲的右胳膊骨折了。在那样的时刻，有几个人会有兴致跟自己的孩子欣赏头顶的星空呢？父亲一生坎坷，却从不悲观。在任何时候，他都能保持一颗善良的心，发现生活中无处不在的美感。

尘世中的香一朵又一朵，只是，你看到了吗？

最美丽的莲开

春来，草长莺飞。电视台和我约了个人物专访。即兴提问的那种，不用提前准备。

主持人的第一个问题是：本名一般是父母取的，寄托了上一辈的期待和厚望。发表文章时，大多数作家都会再取个笔名，体现自己的审美和情趣。那么，你为什么叫清心呢？有什么特别的含义吗？

说实话，当初起这个名字的时候，纯粹是因为喜欢。初相见，如同遇到了爱情，顷刻间怦然心动。于是，很确定地对自己说，就是它了。

佛教中，清心指的是不受世俗所沾染的心，充满爱的菩提心，自由自在没有烦恼的心，不被束缚的心，追求清静无为的心。以及，远离名利、无欲无求的心。

多么的好。在这个水流般清澈的名字里，我仿佛看到了自己心底的湖泊，在时光的隧道里，缓慢而从容地流淌。云水禅心，千年流转。我深深知道，要想在文字的道路上走得长远，必须心无旁骛，驱除杂念，将自己从现实的繁杂纷扰中抽离出来。清心，就是清扫心地。生命是一场又一场取舍，要想拥有世间纯然如水的清净，只有舍弃红尘中你追我逐的烟火。

接下来，主持人又问："清心，你为什么要写作？"

我迟疑了一下，一时竟不知如何回答。其实，这是每个作者在被采访时都会遇到的问题。而且，从 2006 年开始写作起，我也三番五次地问过自己。你究竟为什么要写作？以前不写作的日子，既没有编辑催稿，又不用经常熬夜，不也过得很好吗？一遍又一遍，却始终找不到确切的答案。我只知道，写字的时候很快乐。是一种从未有过的快乐，是其他任何活动都无法替代的快乐。那份既疲累又享受的过程，只有亲身经历，方能感同身受。况且，流年里，我已习惯了写字。写字已经成为日常状态。如果不写字，业余时间去干什么呢？我又能干些什么呢？

　　后来，是读者给了我答案。新书《情似菩提爱如佛》上市后，他们从全国各地发来邮件，希望购买我的签名书。其中，有一位黑龙江的姐姐，洋洋洒洒写了 2000 字，诉说几年来阅读我的作品的感受。信的开头，她写道：清心，你知道吗？你的文字救过我的命……原来，三年前，因为对爱情的绝望，她曾产生过自杀的念头。是我的文字，给了她力量，使她有了活下来的勇气。还有一位江苏的妹妹，她说我的文字帮她做出了正确的选择，使她有勇气从婚外情的漩涡中走出来。如今，回归家庭的她终于明白，那个曾经令她神魂颠倒的男人不过是生命中的过客。对他而言，她只是路边的一朵小野花，随手摘下来，把玩一下，很快就扔掉了。另外，那个年轻美丽的杭州女孩在收到我的签名书后，她在 QQ 上给我留言：姐，正在看你的书，太感人了，哭得稀里哗啦，已经用掉了一包纸巾……

　　她们的话，亦惹出了我的泪。原来，文字是我的那道岸。之前，历尽千帆，我所经历的一切，都是为了靠近它。

　　佛说，欲得净土，当净其心。智者调心不调身，愚者调身不调心。感谢文字。是它把我引进一片红尘净土，使我的胸怀越来越宽阔，整个人越来越安静。

　　行吟山水，一梦千年。今世，不求其他，唯愿拥有一颗清净心，与时光共舞，与文字同修，在月圆月缺中，成为彼岸最美丽的莲花。

花未开全月未圆

春来,气温回升。吹在脸上的风,像被温水泡过,渐渐软了下来。

下班路上,看到人行道上那些赤裸的枝条,竟隐隐透出绿色。经过一冬的忍耐,漫长的寒风凛冽,它们终于迎来了充满希望的春天。四季如此,人生也一样。当挫折与痛苦突然袭来,让我们坚强些,乐观些。用耐心和爱,静静等待下一场春暖花开。

时光飞逝,真的是飞逝。并非感叹,只是觉得,在时光面前,太多人掉了队。大家跑啊跑啊,最终,既忘了来时的路,又不知将要去往哪里。

夜,静得无声。此刻,唯有文字,在心中如花轻绽。似道道光束,点亮夜的黑暗。

每个深夜,对我而言,都是静默孤独的。犹如一条鱼,在海里深深地沉潜。我舞在水里,舞给自己看。

静默,是我极喜爱的词,并且,它通常亦是我的生活状态。一直以来,如果可以少说话,我便少说。如果可以不说话,那我就会不说。

我喜欢用眼神交流感情。大家不必说太多的话,只彼此抬眸一望,一切便了然于心了。

多么的好。这样的相处,无论亲情、爱情,抑或友情,都是轻松而令人愉悦的。

之所以喜欢夜，喜欢写作，便是因为处于那种状态时的安然宁静。一直觉得，用笔表达内心，比用嘴更准确，更有意义。如同做一件刺绣，沉着而安详，是自己可以掌控的节奏。

在夜里，我可以不被打扰，自由自在地静默。嘴巴除了喝茶，不必做别的。寂静的深夜，一个人坐在电脑前，耳畔萦绕着如水的音乐，心灵与手指一起飞舞，这样的日子，每天都是一朵一朵的花开。

一直以为，唯有静默，才能真正提升生命的高度。这种高度，无关地位，无关世俗眼里的成功。它只属于自己，是自己内心的云端，唯有自己看得见。

行在途中，内心知道，自己走的这条路将很长，直抵目光无法触及的远方。

多数时候，我把头低到尘埃里，埋身做着自己的事。因为忙碌，每日光阴恨短，时间从无空虚。白日里，耀眼的阳光，盈绿的生机，温情的笑脸，静好的岁月逐一呈现。能够好好地活着，是上天多么大的恩赐。

深知，生活本来只有过程，没有头尾。正在做的一切，即是开始，亦是结束，结果始终是不重要的。

任何有意义的事，都需要坚持下去。因为，一件事，只有真正完成，才知终局是否如愿，才会得到这件事对生命真正的赐予。所以，我对自己说，凡事，只要决定去做，就要走到完成的那一天。

年纪越长越发现，幸福深处，竟是平淡。花未开全月未圆，人生的状态不过如此。而我只愿，在尘埃里，让自己开成一朵朴素的花，植根于泥土，任幽香悄然飘远……

自己丰盈自己的杯

夜半，戴上耳机，一个人听意境深远的《幽兰操》。

王菲吐气若兰，似沾染了佛经的禅意，寂寥空灵中，飘荡着悠远宁静的思绪。

兰是清幽而超拔的。它不像牡丹雍容华贵，亦不如桃李妖娆婀娜，更无杜鹃红满山冈，然而，它的仙姿脱俗，香味独纯，从古至今却倍受文人骚客的喜爱。众花之中，唯有兰，可以如此独自，淡定到宠辱不惊。

在古代，最早描写兰花的是《易系辞》，书中云："同心之言，其臭如兰。"之后，孔子对兰花亦是赞赏有加："与善人处，如入芝兰之室，久而不闻其香，则与之俱化。芝兰生于深谷，不以无人而芳，君子修道立德，不为困窘而改节。"

有趣的是，兰竟是清代康熙皇帝的最爱。他在书房和养心殿都放置了婀娜多姿的幽兰。在他写下的咏花诗中，也以咏兰诗写得最好。如《咏幽兰》一诗："婀娜花姿碧叶长，风来难隐谷中香。不因纫取堪为佩，纵使无人亦自芳。"

好一个"纵使无人亦自芳"！如同独立世间，兀自清幽绽放的女子，不需要任何人的注视与赞美，她们住在自己的美好里，自己丰盈自己的杯。

中国钢琴家朱晓玫，一直以来，她不上网，不接电话，不用手机,而且,从不宣传自己。之所以出唱片,是因为要给喜欢她演奏的人听。她生活极其简朴,至今没有像样的演出服。为了练琴,她可以无偿给别人做家务;为了练琴,她常常只吃黄油面包充饥;为了练琴,电话响了她也不会去接。然而,谁又能想到,近年来,她的巴黎演奏会竟场场爆满!她演奏的巴赫,被整个音乐界惊为天人!最寂寞的芬芳,有时更是销骨蚀魂!她的心一直住在艺术的深山里,那样安然,那般宁静。

著名作家张爱玲,晚年在美国不出门,不见人,即使是食物,亦是让人从门缝里递进去。她深居简出,没有人能找到她。她的地址,连家人和朋友都不会告知。生命最后的十几年,她把自己灵魂的声音几乎削减为零。张爱玲死后,人们第一次走进她的居所,家徒四壁,简陋至极。这个才华绝代的女子,在生命接近尾声时,将身外之物丢得几近彻底!张爱玲很独自,不曲意奉迎,不媚颜取悦,绝对是女人中的异数。曾经,她说:"哦,请原谅我喜欢这孤寂。"只是,谁又能像她那样,每本书都一版再版,多部小说被拍成电影和连续剧,并且,数十年如一日,似一只苍凉绝美的风筝,受到读者不停地追捧!

这个世界上,的确有一些与众不同的女子,如空谷幽兰,单纯而心无旁骛,执着且一意孤行。她们依靠默默忍耐、恒久等待,以及不变的信心,翻越心灵的重重山岭,走过黑暗隧道,抵达内心的光亮之地。

她们一直在用理想消耗着时间,孜孜以求,独钓寒江,她们的归宿是清寂、唯美、淡然、欢喜……

没有界限

秋，真的很深了。自然万物，款款向冬行进。

走在路上，常常会遇到飘落的叶，一片一片，在眼前飞舞。虽是坠落，却依然那般美丽。我知道，它们每一片，都曾青翠舒展，饱含生机。

总会有一片掉到头上，羽毛一般轻。捧在手中，欣赏它皮肤上的皱褶，似看到一张老人的脸，祥和而安宁。仿佛，它在对我说，只要好好地活过了，死又何憾呢？

想来，每个生命都是一片树叶吧，都会经历四季轮回。

时间最公平，亦最无情。我们常常在选择中，犹豫中，盲目地忙碌中，把一天天的时光弄丢。恍然间，生命竟走过了那么多年。

一直记得西班牙著名画家达利的话：没有界限。这四个字深深触动了我。文字、音乐、书画，所有的艺术，都是没有界限的。真正的艺术，不分你我，没有功利，它只刻在灵魂深处，又无止境地高于灵魂。

深夜，一个人看美国电影《罗丹岛之恋》。

女主角艾德丽安说："爱情还有另一个样子。深厚的爱让你想与他分享整个世界，并与之共度余生。"

男主人公保罗说："我没什么可以给你。我能给你的，只是一辈子的爱。"

他的爱，至死不渝。爱情让他们脱胎换骨，且彼此拯救。

影片告诉我们，追求真爱永不嫌晚。同时，也让我们明白，重新找回失去的自我永不嫌迟。活在世上，最重要的是过自己想过的生活。

爱情是两颗心的相聚。即使你死了，你的灵魂依旧陪在我的身边。

世间，总有一种爱，与现实无关，与世俗的眼光无关，它只关乎一个人的内心。那个人，也许并不起眼。在另一个人眼中，却唯一且伟大。

真正的艺术是挖掘。挖掘他人，挖掘自己，挖掘这个美丽而又充满遗憾的人世。

真正的人生，又何尝不是？

事情再糟糕,也有变好的一天

可能是性格内向,不善处理人际关系的缘故,很长一段时间里,我一直想找一个地方隐居。

最好去西藏。这个神秘的朝圣之地,对我一直有着非同一般的吸引力。如果西藏不行,去云南也可以。找一个山清水秀的妙处,盖一栋鲜花盛开的小屋,在鸟语花香的芬芳里,过清心寡欲的安静日子。

很多时候,当生存的压力乌云般袭来,我首先想到的,就是逃离。那一刻,恨不得生出一双会飞的翅膀,马上离开这个是非之地,寻天地一沙鸥的悠闲自在去。只是,现实是一张网,我跟大多数人一样,早已作茧自缚在其中,失去了追求自由的勇气和能力。正如汪峰在《存在》中唱道:多少人走着却困在原地,多少人活着却如同死去。多少人爱着却好似分离,多少人笑着却满含泪滴。谁知道我们该去向何处?谁明白生命已变为何物?是否找个借口继续苟活,或是展翅高飞保持愤怒。我将如何存在……

是啊!我将如何存在?难道,人生只有非此即彼这两个水火不容的选择,再也没有第三条出路了吗?更重要的是,究竟哪里才是最适合我的人间好去处呢?

后来,文友阿果给了我答案。她30岁,身材小巧,挺可爱,却不漂亮。开笔会时,大家都叫她开心果。她也的确配得上这个称呼,每天乐呵呵的,像是春天好时光,目光溢满了花红柳绿。聊天时,她喜欢大声地笑,露出两个甜甜的小酒窝。只是,会议尚未结束,她就跟主编请假,说要急着赶回去。

原来,半年前,她的父亲沉迷地下博彩,借了数百万的高利贷,因为无力偿还,最后选择了跳楼自杀。之后,债主拿着借条接二连三地找上门来,毫不知情的她,只好硬着头皮,一边安慰精神受了刺激的母亲,一边应付法院一次次地开庭。后来,丈夫不堪忍受逼债的恐惧和压力,撇下她和三岁的女儿,选择了悄悄离开。如今,家里三口人,却连一个男人都没有。母亲病了,只能她背着往医院送;水管漏了、下水道堵了,她像个男人一样,拿着钳子钣子忙活到半夜;而且,由于请不起律师,她每天自学法律知识,站在被告席上为自己和母亲辩护……

生活如此兵荒马乱,换成我,真不知能否支撑下去。她却依旧把生活安排得井井有条,每天睡觉前,从未忘记给女儿讲温暖的童话故事。她说:"事情再糟糕,也有变好的那一天。暴风雨再大,也不会一直下下去。什么都会变化的,逃避不是路途,只有让自己安于当下,足够平静,足够接纳,足够耐心,足够坚定,跟着变动走,才是一个成年人的担当和责任。"

是啊,生活不可能一成不变,只有完全地接受无常,才能有勇气面对各种现实。原来,人间最好处不是什么世外桃源。它就是此刻,就在此地。美好幸福其实很简单,只是因为心复杂了,才会变得不容易。

与阿果相比,我是多么的幸运。白天,拥有蓝天和清风;夜晚,拥有夜空和繁星。此刻,我活在空气里,做着自己喜欢的事、该做的事。岁月静好,现世安稳……

这里已然很好,你还要去哪里?

梦里几度莲花开

清明节回老家扫墓，每次都要去老房子里待一会儿。老房子是见证。一进门，就打开了儿时的记忆。

站在尘埃飘飞的院子里，似乎找到了心灵的归属，整个人瞬间安静下来。茫茫人世，总有一个地方，存放幸福。总有一个方向，通往春天。走过红尘，浮云花事潮水般退却。坐在苍老的院子里，泡一盏陈年普洱，于幽幽茶香中，回忆曾经的花好月圆。时光老去，一切似乎都没有变，一切似乎又都改变了。

走进堂屋，那扇斑驳的老门框再次映入眼帘。时光倒流，回到80年代。

彼时，我还是扎着粉红蝴蝶结的小姑娘。瘦瘦的身子，小小的个子，乌黑的大眼睛，似一汪清澈的湖，闪着纯净的晶莹。

那时，没有电视，没有电影，更没有网络。最美好的期待和惊喜，莫过于逢年过节去大队看戏了。戏台上锣鼓喧天，武将戴着乌纱帽，穿着蟒袍，留着长胡子，真是要多帅有多帅。女官们则是凤冠霞帔，一个个打扮得像花朵一样美。也许由于那时的娱乐太少了，虽然演员们咿咿呀呀的唱腔我几乎一句都听不懂，却依旧对他们崇拜到了极点。

世间所有的相遇，都是冥冥中注定的。可能受了看戏的影响，小时候，最爱做的事，就是在家里搭戏台演戏。屋子里摆上小板凳，找几个小伙伴当观众。我站在床上，把母亲的纱巾系在身上当戏服，以花色各异的枕巾当水袖，然后，学着剧团演员的样子，拖着长腔就唱开了……那样的时光，如同在生活的湖面划过一抹潋滟的清波，真是倾城倾心。

七八岁的时候，如若有人问，长大了，你想做什么呀？嘿嘿，我会不假思索地回答：唱戏。

母亲听了，笑眯眯地鼓励我："这个理想不错。再普通的女孩子，站在台上，都会焕发出一种动人的美。妈支持你。"

我拍着手跳起来，雀跃得像一条小鱼。这边还没安静下来，只听到母亲又说："不过，唱戏简单，但是，想要把戏唱好，就不那么容易了。首先，你要有知识，有文化，否则，连剧本都看不明白，唱出来的戏能好听吗？其次，身高也要达到一定的标准。如果个子低，连戏服都穿不起来，还怎么唱呢？"

梦里几度莲花开。为了心中那个水滴般晶莹的梦，一向贪玩的我，突然就懂得用功了。当然，按照母亲的建议，每天还要抽出一定的时间锻炼身体。后来，不知听了谁的主意，母亲又让我晚上睡觉前扒门框。站在椅子上，双手伸过头顶，紧紧抓住门框，然后，椅子被母亲抽走，我悬在上面，据说，坚持得越久越有长个子的效果……

那几年，母亲每个月都会给我量一次身高。当时没有尺子，母亲就在门框上用指甲划印。一道一道，写满了母亲的关爱和童年的幸福。

长大后，虽然我并未如母亲所愿，出落成一个亭亭玉立的女子，而且，也没有实现儿时的梦想——走上唱戏的道路，但是，在母亲的激励下，我的成绩在全年级一直遥遥领先。也正因为如此，才成全了今天这个让自己喜欢的我。

如今，时光老去，母亲离开我已经15年了。然而，经过岁月的冲刷，她亲自在老门框上划的痕迹仍然依稀可见。望着那一道道隐隐约约的斑驳，我仿佛听到母亲在说：你看，我还在，一切都没有变。

姊妹花开

母亲说，小妹出生的那个夏天，天气异常炎热，憋闷得让人喘不过气来。一连数日无休止地下雨，到处都湿漉漉的。

那一年，每一个中国人都不会忘记。1976年7月28日凌晨，河北唐山发生了震惊全世界的大地震，造成24万人遇难，106万人受伤。父亲告诉我，由于地震波及面广，虽然与唐山相距将近400千米，我们这里依旧感受到了强烈的震动。那个忧伤的夜晚，不知为何，他怎么都睡不着。窗外，一直在下雨。雨水顺着房檐往下淌，一滴又一滴。后来，他才明白，其实，那不是雨，而是苍天落下的泪，它在哭泣人类的苍白无力。

地震时，小妹刚出生二十几天。漫无边际的恐惧，此起彼伏的余震，恶魔般笼罩着每个人的心。惶惶不安中，母亲再也挤不出一滴奶来喂养女儿。

那个年代，没有牛奶，更没有婴幼儿奶粉。无奈，母亲只好把小米磨成面粉，用开水冲了给妹妹喝。可是，对一个尚不满一个月的婴儿而言，小米面糊糊的营养终究是有限的。即使妹妹偶尔也能喝些亲戚送的麦乳精，却看上去依然虚弱而瘦小，一副营养不良的样子。

当时，三岁的我已经有了些记忆。印象中，为了防震，家家户户都在村子后面的大渠旁搭了简易棚。简易棚用竹条做支架，顶棚由稻草铺就,上面再搭上一块防雨的塑料布。棚子空间不大,刚够一家人躺在里面。为了出入方便,还特意做了一个门。

每天吃过晚饭,我便会早早被父亲领着躲进防震棚。妹妹因为太小了,母亲怕她吹了夜风生病,只好裹个小棉被,把她放进比较结实的碗柜里。等到一切安置妥当,才恋恋不舍地离开。躺在简易棚里,睡在爸妈中间的我很快进入了梦乡。他们却睡不着,夜夜小声说着话,担心着妹妹的安全。长大后,一家人聊起这件事,母亲依旧会掉眼泪。是啊,想想真是后怕,如果当时再次发生大地震,我与妹妹可能再也无法相见了。

好在,虽然余震频繁发生,每一次却都比较小,再未造成人员伤亡。那年夏天,我们一直住在防震棚里。到了八月下旬,人们才陆续搬回家中,恢复了正常生活。

然而,地震过去了,母亲被地震吓跑的乳汁却再也没有回来。由于长期缺乏营养,妹妹发育比较缓慢。跟同龄的孩子相比,不仅个子有些低,体重也不达标。头发又细又黄,谁见了都叫她黄毛丫头。另外,可能真的是受了地震的影响,她的性格比较内向,不爱说话,很少出去找小朋友玩。没事的时候,总是一个人坐在门槛上,安安静静地听广播,或者望着院子里跑来跑去的小鸡发呆。

记忆里,妹妹一直很懂事。自小穿我剩下的衣服,用我背过的书包,从无半句怨言。学习上也用功,在班级里成绩一直名列前茅。另外,与喜欢跟同学在外面疯跑的我不同,放了学,她哪里也不去,只喜欢待在家里,默默地帮母亲做家务。因此,虽然我是姐姐,却在很多方面不如她。

小时候,最怕天黑了爸妈不在家。我和妹妹趴在窗台上,望着外面漆黑的夜空,一颗心泊满了恐惧与担心。我总是一边哭一边喊:"妈,快回来!妈,快回家!"妹妹从来不哭。她总是在旁边拽拽我的衣襟,小声地安慰我:"姐,别哭了,爸妈很快就回来了。"

母亲去世时,我被突如其来的变故击懵了,脑子里一片空白,只知日夜守着妈妈,傻傻地掉眼泪。至于通知亲戚联系殡仪馆等事宜,都是妹妹跟父亲一起处理的。

半年后,我生下了儿子阳阳。婆婆离得远,不能在身边照顾。爱人工作忙,经常出差去外地。尚未结婚的妹妹,体谅我一个人带孩子的难处,主动搬过来与我同住。跟小时候一样,每天下了班,她哪里都不去,甚至连男朋友都不谈,总是直接跑回家帮我带孩子。晚上,我在厨房做饭,一边把花红柳绿的蔬菜放进锅里翻炒,一边听着她和儿子快乐的笑声,真是最幸福的时光。

儿子三岁时,我终于购买了自己的房子。体贴的妹妹又拿出自己的6000元积蓄支援我……

这样的时刻,忆着与妹妹在一起的点点滴滴,心是暖的,眼睛是湿的。如果生命如花,我和妹妹就是相依相靠的姊妹花,彼此深爱着,一路风雨兼程。

在这里,只想对妹妹说一句:这一世,有你,真好。

第二辑

世上没有什么能阻挡你，你的恐惧也不能

生命只此一世，活着的每一个日子，你要翻检所有的未完成，将它们完成！你要放下过去，让身体轻盈地飞！你要把这有限的生命活透了，向前走，成为自己想成为的自己！这是你对自己一生的承诺，世上没有什么能阻挡你，你的恐惧也不能……

做一个精神明亮的人

在电视上看到雷庆瑶的第一眼，整个人就被深深地吸引了去。正如乐嘉所言，她真的是太好看了。修长的身材，得体的旗袍，优雅的发型，还有一直漾在脸上的甜蜜笑容，她给我带来的惊艳，不是五官的精致，而是一种振奋人心的精神的明亮。

三岁时，小庆瑶因遭受电击，不幸失去了双臂。从此，在亲戚朋友的眼里，她成了一只再也飞不起来的断翅的蝴蝶。然而，事实证明，只要付出足够的努力，一切皆有可能。时光漫漫，通过坚持不懈的练习，她不仅学会了用脚吃饭、梳头、洗衣服，甚至，还能像正常人一样，轻松自如地写字、骑自行车、游泳。如今，她的身上有很多标签，残疾人游泳运动员、大众电影百花奖最佳新人、全国自强模范，等等。然而，她最喜欢的标签却是爱美狂人。

虽然没有了双臂，庆瑶却从未失去过爱美的心。在她家，有一个很大的衣帽间，仅仅高跟鞋就摆了100多双。她还特别喜欢化妆，不化妆几乎不出门。如果实在太忙，至少也会涂上口红再出去。另外，她对旗袍情有独钟，经常用双脚给自己裁出各种时尚漂亮的款式。比如，现在她身上穿的这件就是刚刚做好的……

她说，不论人生的境遇如何，我们都要对生活有承担，对自己负责任。每天，只有踏踏实实做事，内心才有真实的存在感，才不会迷失自己。当面前遇到一堵墙，别退缩，一定要勇敢地跨过去，看看墙的另一面究竟是什么。即使摔倒了，摔得很痛，流出的泪水也是欢快的。

望着庆瑶自信的笑脸，我早已忘记了她没有双臂这件事。正如总是送她手链的朋友所言，与她相比，我们这些经常因为一点小事而牢骚满腹、无病呻吟的所谓四肢健全的人，才是真正的残疾人。

是啊，人生在世，每个人都不可能一帆风顺。当命运的阴霾突然压在了头顶，你一定要成为自己的光，做一个精神明亮的人。人生最大的悲哀，不是遭遇了不幸，而是自我放弃。不论周围多么黑暗，你的内心一定要充满光明。不论世界多么糟糕，你自己的生命一定要活得精彩。

任何时候，悲伤和抱怨都无济于事。遇到挫折，我们只需像庆瑶那样，去相信，去微笑，去努力，就可以了。这世间，没有白吃的苦，也没有白受的累，一切都在考验你的坚持和耐心。

事实上，如果你知道自己心灵的方向，全世界都会为你让路。时间安静而公正。岁月会给你想要的一切，更会告诉你，梦想的最后模样……

生命是自己的事

周末，我关掉电脑，放下手头所有的杂事，静静地听周云蓬的《沉默如谜的呼吸》。木吉他叮咚如泉，干净得没有一丝杂芜，如隔世的童话。磁性低沉、略带忧郁的男声，弥漫着空灵悠远的淡定。朋友说，周云蓬用刺痛人心的声音，击中了刺痛人心的现实。的确如此。整个上午，我的思绪飘得很远很远，喉头似被什么哽住，心亦开始一下一下地疼。

周云蓬是个盲人。自小因眼疾随父母颠沛于各大医院。他的童年，伴随着酒精药棉的特殊味道，在医生无可奈何的叹息中度过。九岁时，他被宣判彻底失明。从此，这个酷爱大自然的孩子，再没看到过花草树木，更无法感受到云动鸟飞。

圣经说，上帝为你关上一扇门，一定会为你打开一扇窗。我也认为，生命某个方面的缺失，必然会带来其他方面的锐利。周云蓬虽然不能用眼睛看世界，但他可以用耳朵去听，用手去触摸，甚至，还能去幻想。他15岁迷上音乐和诗歌，25岁开始在街头卖唱谋生。他很少说话，终日抱着一把老式木吉他幽幽地弹唱。大墨镜闪着微光，一头长发遮住三分之一的脸。无论在人头攒动的街头，抑或灯红酒绿的酒吧，他的听众总是越聚越多。唱到最后，这个盲人歌者的身旁，常常挤满了人。

周云蓬活得很安静。面对纷纭复杂的世界，他早已习惯了用心灵去感知。是的，有心灵就够了。他创作的歌曲，有时讲故事，有时道心事，有时什么都不讲，只是一句句反复唱诵。若天籁之音，又似冥冥中充满智慧的咒语。

他写的歌词非常棒。如同一枚枚钢针，穿透生命的皮肤，直抵灵魂。人生的真相，在他节奏单一的叙述中，袒露无疑。

他在《沉默如谜的呼吸》中写道："千钧一发的呼吸。水滴石穿的呼吸。蒸汽机粗重的呼吸。玻璃切割玻璃的呼吸。鱼死网破的呼吸。火焰痉挛的呼吸。刀尖上跳舞的呼吸。彗星般消逝的呼吸。沉默如鱼的呼吸。沉默如石的呼吸。沉默如睡的呼吸。沉默如谜的呼吸……"

在他眼中，所有呼吸，都是纷纭世相中一场又一场的人生。大同小异，殊途同归。

世间生命无数。有探险者、执着者、梦想者；有作家、舞蹈家、音乐家；有政府官员、豪门富翁、影视明星；有医生、教师、农民，以及各行各业辛勤劳作的人……大家有的随波逐流，有的逆流而上；有的愤世嫉俗，有的斤斤计较；有的一直奋斗在梦想的方向，有的为了名利早已跟内心的原则背道而驰。人世喧嚣，多数人旋转在生活的表面，盲目而忙碌。时而快乐，时而忧伤。时而上升，时而坠落。大家在意的，往往只是世间万物的价格，却常常忘记了那些看不到的价值，对生命而言，这才是最重要的。

歌曲结束前，周云蓬用平静低沉的声音，伴着吉他舒缓的旋律，朗诵了50多个人名。其中，除了北冥和胡兰成，多数人我都不曾听说过。是纪念？回忆？抑或，连周云蓬自己也不知道那些人究竟是谁？然而，唯一清楚的是，世间所有的人，无论年少还是年老，无论达官贵人还是平民百姓，无论正常人还是残疾人，无论是尚在腹中的胎儿，还是行将就木的老人，大家满怀希望地来到这个世界，最终，却只能像彗星那样，无一例外地消逝。

然而，正是因为生命短暂，我们更应珍惜现在拥有的一切。佛说，生命只在一呼一吸间。没有了呼吸，再盛大光耀的人生，亦不过是坍塌的高楼，徒留一地瓦砾残垣。

一次，与朋友聊天。他突然问："什么是最美的事情？"脑中立刻闪出许多答案，诸如写字、读书、获奖，等等。正欲回答，朋友却微笑着，眼含深意地说："是安静地呼吸。"似被某种力量击中，一颗心顷刻涌满芬芳的禅意。

周云蓬每天清晨五点起床，一个人练琴，写诗，创作歌曲。累了就读书。确切地说，不是读，是听。把书下载到 MP3 里，按下播放，静静地听。至今，他已发行了三张专辑，获得了很多奖项，还被评为 2008 年中国青年领袖人物。

他看上去很随意，周身散发着四海为家的淡定。他说，生命是自己的事，只有真正地为内心呼吸，当生命走向终点时，才会少些遗憾，多些安慰。他像一条安静的鱼，在无边无际的茫茫人海，静水流深。

呼吸即人生。生命说到底是一个人的事，寂静是它的最高境界。唯有寂静，才能拥有健康、淡泊名利；唯有寂静，才能感悟人生、参透生死；也唯有寂静，才能把目光放到自己身上，使生命抵达理想的巅峰。

寂静呼吸，是世上最难的事情。最难，却也最智慧。

醒　来

最先吸引我的，是电影的名字。唇齿轻启间，心潮起伏，禅意轻荡。感觉《花落花开》这四个字，像极了爱情，亦道尽了人生。其次是那张充满活力的海报，草地宽阔平整，一棵高大茂盛的树，缀满诡异艳丽的枝叶。树下的女人，以无比虔诚的姿势，安静地仰望。叶的缝隙，溅落点点阳光。她从那里，捕捉温暖和希望。

影片讲述了法国女画家萨贺芬沧桑且传奇的半生悲剧。镜头从她无休止的忙碌开始，替人打扫、河边洗衣、清理厨房，手中的大柳筐似乎从不离身。40多岁的臃肿妇人，为了生存，终日被各种杂役所累。

然而，就是这样一个穷困潦倒的女人，却把做帮佣的微薄收入，全部用来购买昂贵的画具。为此，她不仅缺吃少穿，甚至连房租都交不起。但是，任何困苦都无法阻挡萨贺芬对绘画的向往。实在捉襟见肘时，她就运用天马行空的想象力，把自然界的花草、泥土，以及从教堂偷来的蜡汁和畜禽的血水，按照自创的配方，转化为颜料。

一个又一个夜晚，蓬头垢面的萨贺芬跪在地上，手执画笔，废寝忘食。困了，喝一口自己酿造的烈酒提神。实在累极，就依在画板旁边席地而眠。每天，她最期待的，就是回到自己租住的小屋。旁人皆睡我独醒。她唱着歌，将自己潜在绘画里，静水流深。

萨贺芬的画作风格独特，线条和色彩充满神秘和灵异。她一生独来独往，极少说话，与人交往时目光疏离。她最喜欢大树，烦恼时只跟草儿、花儿以及昆虫谈心。她似一朵午夜盛放的莲，活在自己的艺术天堂里。

我想，如果说艺术起步于感性，那么，能够坚持到最后，并成为大师的人，一定是理性与专注的结果。

阿富汗著名作家卡勒德·胡塞尼，为了写小说，每天清晨四点起床，写作四个小时后，八点准时去医院扮演医生。正是因为他的坚持，我们才得以看到《追风筝的人》和《灿烂千阳》这两部惊世之作。台湾作家林清玄，虽被称为文学大家，却从不承认自己是天才。他说："如果我的文字写得好看，那只有一个原因，从十几岁开始，便每天规定写作3000字。"这个习惯，他一直坚持了几十年，从未间断。记者问："如果生病了怎么办？"他淡淡地答："生病也不例外。"

读到这样的文字，犹如醍醐灌顶。原来，世界上从来没有什么天才！天才不过是一个幌子，努力和虔诚才是通往成功之路的必须。所以，别埋怨命运，也别对自己说不可能。你没有成功，只能说明你不够努力。如果你以近乎疯狂的姿势奔跑，以花朵开放的姿态努力，想不成功都难。

萨贺芬的悲剧，缘于她与著名收藏家伍德的邂逅。他是她的伯乐，指导她，鼓励她，使她的绘画水平及生活质量均有改善。他说："你与别人不一样。你是法国与众不同的大画家。我要在巴黎为你举办个人画展。"他像阳光，将她的人生倏然点亮。从此，她不顾身体，开始玩命地为画展做准备。

然而，许多事物，我们无法从寂静的表象猜测到深层的暗涌。人与人的相遇也是如此。可以说，伍德成就了她，同时也毁灭了她。在她眼中，伍德是高贵的，亦是无所不能的。彼时，伍德和绘画几乎成了她活在世间的全部希望。但是，现实却是神通广大的伍德亦无法抗拒时代之洪。当战争和全球经济危机使他无法兑现曾经的承诺时，单纯且满腔热情的萨贺芬感到被深深伤害了。内心的绝望把她的生命撕碎，只剩下一个灵魂的空壳。她痴痴地说："我的画已经消失在黑暗中了。"她疯了，眼前再无光明。

　　看到这里，声声叹息如秋叶般飘落。我想，如果伍德不出现，萨贺芬会不受名利干扰，一直画下去，亦会继续在自己的精神世界里快乐下去。与其说萨贺芬是被伍德毁灭的，不如说她是被名利毁灭的。司马迁在《史记》中写道："天下熙熙皆为利来，天下攘攘皆为利往。"可见，名利二字，是世人难以舍弃的追求。还是庄子说得好，唯有淡泊名利，逍遥处世，才能拥有一份气定神闲的人生，才能毫无挂碍地通向艺术的巅峰。

　　影片的最后，萨贺芬一个人，拎着那把曾经因画作而使她倍受尊敬的椅子，步履蹒跚地走向远处的一棵大树。长达七分钟的镜头，没有任何配乐，只有风声，树叶哗哗作响。她坐在树下，闭目吹风，悠闲小憩。绿树盛开在蔚蓝的天空，整个画面美得无与伦比。行至此时，生命已然回归。我相信，这个时刻，她的灵魂已然复苏，她的手指重新柔软，在阳光的照耀下，她已醒来……

遗愿清单

记得有人说过，一些事如果现在不做，就可能一辈子都不会做了。许多人，包括我在内，都把这个"现在"理解为年轻的时候。然而，看了美国电影《遗愿清单》，我才发现，只要能够打开自己的心灵，不论处在生命的哪个阶段，每个人都可以拥有并享受现在。

卡特是黑人汽修工，博学、话少，一直梦想着当历史教授；爱德华则是亿万富翁，幽默、话痨、暴脾气。因为癌症，他们住进了同一家医院的同一间病房。刚刚见面时，两人并不友好。然而，在目睹了彼此一次又一次呕吐，被疼痛折磨得浑身发抖的痛苦之后，相同的境遇，使二人渐渐向对方靠近。他们互相开玩笑，善意地揶揄对方，然后坏坏地嘿嘿一笑。别人在一起，共同面对的是生，而他们，一起抵抗的，却是黑暗的死亡。

终于有一天，医生对爱德华宣判：还有六个月，幸运的话，最多一年。继而，卡特的判决书也到了。寂静，沉默，长久地彼此相望。那一刻，我听到两位老人的心像被什么划开了口子，风也刮进来了，雨也灌进来了。

如果继续躺在医院里，每天与遍布全身的管子、大把脱落的头发以及呛人的消毒水气味朝夕相伴，坚持的日子可能会长一些。相反，如果放任不管，用剩余的时间去做喜欢的事，完成内心的某些心愿，那么，生命可能只剩下几个月甚至更短的时间。

活在世上，多数人的生命轨道大同小异。儿时有着天真的梦想，年轻时拥有远大的理想，到了中年，渐渐开始接受现实的打磨，最终变得再也不能飞翔。为了儿女的衣食无忧，家庭的蒸蒸日上，卡特整整在车下趴了45年。一直以来，他无暇顾及自己的需要以及内心的渴望，直到癌症突然降临。爱德华亦是如此，虽然富裕得连自己究竟有多少财产都不知道，然而，一生忙忙碌碌的他，经历了四次失败的婚姻，并且，女儿已多年不与他来往。医生宣判时，他突然发觉，自己的心竟然是空的，那一刻，赚再多的钱都毫无意义。

两个濒临死亡的老人，在生命的最后一刻，竟然发现自己从未真正地生活过！

于是，卡特对妻子说："45年来，我一直为你和孩子们活着，剩下的日子，我想为自己活一次。"他放弃继续就医，拔掉身上的管子，与爱德华列了"遗愿清单"，决定一起周游世界。

旅途中，两个相识不久的老人产生了非同寻常的友情。有钱的爱德华，带着没钱的卡特去旅行。没钱的卡特，则帮助有钱的爱德华解决那些钱解决不了的人生问题。两人一起体验高空跳伞、开跑车跨越极限赛道、在长城上飙摩托车、到埃及看金字塔、去印度看泰姬陵……

清单上所列的条目，对常人而言，都有极大的难度，何况他们是病入膏肓的老人。卡特最大的愿望是攀登珠穆朗玛峰，然而，当他们赶到冰天雪地的西藏，却因暴风雪遭遇了封山。他们被告知，若想登山，只能等到次年开春。殊不知，他俩缺少的恰恰是时间。

看到卡特落寞的眼神，我的泪，情不自禁地落了下来。是啊！一直以来，我们常常盘算怎样节省钞票，却从不懂得如何珍惜时间。直到有一天，我们被突然告知再也没有时间了，方才如梦初醒。

卡特死后，爱德华发现自己最想要的是女儿的原谅，于是他完成了"亲吻最美丽的女孩"这条愿望，那是他可爱的外孙女儿。之后，他选择火葬，骨灰埋在喜马拉雅山顶。卡特早已守候在那里了。至此，他们终于完成了攀登珠穆朗玛峰的共同愿望。

电影结束时，望着闪闪烁烁的字幕，我忽然想，如果我的生命只剩下最后几个月，我该如何度过？是绞尽脑汁思考办公室里的尔虞我诈，还是轻轻打开尘封的心灵，想想自己最渴望最需要的是什么？

关上电脑，沐浴着午后明亮的阳光，我写下了一条又一条愿望：陪孩子放风筝；去海边漫步；给父亲洗一次脚；学习古筝；出版一部让自己满意的长篇小说；对孩子的爸爸说一句"老公，我爱你"；坚持长跑；去西藏旅行……

奇怪的是，那些平日里常常纠缠于心，令我为之烦恼、为之困扰的事，诸如错综复杂的人际关系、职称的评定、职位的升迁、房子平方米的大小、存折上数字的多少，等等，在生命清单上，却一个也没有。

原来，我们一直以为重要的东西，其实并没有那么重要。往往是，那些被我们忽视或耽搁的，对生命而言，才是最重要的啊！

结尾处，影片的画外音说：人生的意义是什么？我到现在都无法下结论。但我至少能这么说：爱德华在离世时闭上了双眼，却敞开了心灵。

当生命面临终止，如果遗愿清单无话可写，你的人生该是何等的幸运和幸福。那么，不要再拖延到最后，就在生与死之间的这段路途上，敞开你的心灵吧！做自己想做的事，成为自己想成为的人。让自己快乐，也给别人带去快乐。我想，这才是人生真正的意义。

两个人的孤独

一直以为,生活的戏台上,每个人都在跳独舞。我们孤独地来,再孤独地离开,无一例外。无论亲人还是爱人,没有一个人能从头至尾陪伴我们终生。安妮说过,自己是自己的唯一伴侣,他人不过是路边风景。消失,出现,此起彼伏。对他人,可以善待、珍重,却无须寄予厚望。因为,谁都不能解决我们的内心。她的话,如同漫无边际的夜,霎时将我吞噬。于是,一颗心更加清冷孤绝起来。

2008年,国内外的心灵工作坊盛行。素黑的名字,如点燃的火柴,擦亮了许多正在孤独深渊里薄凉守望的心灵。

一如她的名字,素黑只吃素食,且自上大学起,就一直只穿黑衣。她对黑色的喜爱可谓无与伦比。黑裙、黑鞋、黑袜,甚至,连项链和戒指等首饰亦是黑色的。她说,黑是生命最初的来源,胎儿在母体的子宫里是黑的。没有黑就没有光,有黑才有白昼的起落。只有黑才是所有生命的底和回归。

素黑系香港中文大学英文系文化研究硕士,情绪治疗师,注册催眠治疗师,亦是香港和大陆多家杂志特约的情感治疗专栏作家。每天,她的大部分时间都用来写作以及回复读者和病人的电邮。她生活得简单而忙碌,曾出版过小说《出走年代》,散文集《两个人两个世界》等。并且,近两年,素黑心疗系列丛书一直摆放在许多大型书店的畅销栏里。

我手里捧着的《两个人的孤独》，正是刚刚发行的这套丛书的第四本。此书收录了45个真实的情感心理咨询案例，涉及病态恋、性困局和灵幻梦等不同层面的情感问题和性心理问题。素黑的解析从心性治疗和心灵整合的角度出发，辅以催眠、梦治疗等专业分析，引导读者直面自己的心理症结，静心观照并发掘潜意识的能量，给读者带来出乎意料的破执启示。

书的封面，是暖暖的玫红。我的泪，却禁不住被书的名字惹了下来。两个人的孤独。这几个红红的字，竟像一直深藏的伤口，顷刻将心海击得波涛汹涌。是啊，世间最远的距离，是两颗心的距离。那些以爱的名义生活在一起的男男女女，谁又能真正走到另一半的心灵深处，理解对方的疼，洞悉对方的苦呢？那些播在世间的爱情的种子，又有哪一粒，能够开出纯洁芳香、细水长流的花朵呢？

在自序中，素黑说："我其实很渺小。在许多困惑面前，我也无能为力。对大家的伤痛，我真的帮不到什么。我能做的，只有超级耐心地掏出一颗心聆听。我和你们一样，还在经历的路上。我陪大家一起走，一起看风景，从宇宙的能量中发掘活着的智慧和喜乐。"

接下来，是一个个具体的咨询案例。以自述方式呈现，故事完整，心理描写细腻。在每个案例后面，素黑都进行了大篇幅的剖析。可以使读者明悉病因，找到最佳的治疗途径。

素黑认为，使心灵柳暗花明的最佳路途，是自疗，而不是治疗。这一点，我非常认同。其实，无论心灵还是身体，只有我们最了解自己。每个人，如果能反观内省，能看到人间的温暖与明媚，就都可以成为自己的心理治疗师。

素黑说，自爱是爱情中最伟大的爱。真正的爱情，永远容不下牺牲。我们能为爱人做的，就是为了这份爱更加珍惜生命，更自爱。

她的观点，似暗夜的火把，瞬间驱散了多年积在我心头的阴影。

这个崇尚简单，清瘦聪慧的灵性女子，终于让我明白，孤独是生命的存在状态，我应该快乐地与它和平共处。生命最大的幸福，是自在、自由和快乐。既然活着，就要努力做一个真正幸福的人。

精致的时间

今夜,天气微凉,晴朗安详。我坐在落地阳台上,手里捧着冷宇飞红的诗歌散文集——《精致的时间》。身旁的矮几上,白瓷杯里的咖啡正冒着热气,浓郁的香味,在空气中氤氲开来……

不看内容,仅仅是书名就足以打动我。这个世界太过匆忙,几乎每个人都被各种欲望卷入生活之潮。大家盲目地挥霍着对生命而言最珍贵的时间,并不自知,亦无法停息。可以说,多数人的时间都是粗糙的。而能让时间精致的人,他的生命一定比旁人走得要慢些。他能闻到花香,听到鸟语,甚至能够感受到空气的流动。

封面上那片肥沃的良田,让你感到诗人一直在用铧犁与土地交谈。他对土地的任何暗示,都不敢怠慢。他所有的血汗,都舍得往土里流,因为他知道,一切的希望,都是从土里长出来的。他对土地,可以说是朝圣者。在芬芳的土地面前,他永远是渴望母爱的孝顺孩子。

在洁白的封底上,诗人安静地写道:时间轻轻走过,一些沉进土里,另一些,再也找不到了……岁月的面纱,被似云如水的禅意轻轻掀开。整颗心顷刻被一种力量击中,眼里缓缓蓄起水意。不禁自问,我的那些逝水流年,都去了哪里呢?

一直以来,我既是冷宇飞红的读者,也是他的朋友。他艺术天分极高,在诗歌、绘画、书法等方面均有造诣。作家李浩说,冷宇飞红的写作属于野路子，这个观点我非常赞同。也正因为如此，他的文字才远离了中规中矩的平庸，得以喷涌出新鲜别致的美感。他用诗歌，与灵魂深处的另一个自己交谈。他把目光与心灵捕捉到的点点滴滴，日复一日，雕刻到树干的年轮上，直抵每个读者的灵魂之田。

冷宇飞红出身农家，他与乡土有着解不开的情结。确切地说，乡土就是他的精神家园。他的诗歌，如同山坡上的野菊花，吸收阳光雨露，采纳日月精华，四季轮回，顺其自然。它所发出的声音，虽然夹杂着对现实的失望和无奈，却从不颓废，本质都是健康向上的。读他的诗文，时而感觉自己振奋得似一只苍鹰，展翅直飞云天。时而又觉得自己像一只风雨中的小舟，在命运之河里无奈地漂流⋯⋯

在飞红的文字里，你会遇到许多能够打动心灵的意象。植物、残雪、洪流、古井、老屋、炊烟，等等，都是让人有兴趣咀嚼的字眼。从这些字眼背后，你能隐隐触摸到诗人的内心。那里面，坚强中藏着脆弱，硬朗里泛着柔软。在那里，你能听到寂寞在谱曲，理想在歌唱⋯⋯

飞红的诗歌，对冷月、暗夜、严冬等阴性的东西尤其敏感。它们似根根银针，在诗人心上轻轻扎过，散发出细而尖锐的痛楚。在这种痛里，你能看到诗人在人生旅途中取舍的艰难。其实，这种痛，不是飞红一个人的，它既是你的，也是我的。

《作你的植物》是首爱情诗，是诗集中我最爱的一首。诗中写道：我愿作你的植物／作你窗台上任意的一株／或者花或者草／我不挑剔形状与颜色／让我　在那儿就行／我不说话　不移动／我什么也不做／我只是　和你在一起／和你在一起／你能偶尔地看到我／我能一直地望着你。

滚烫的泪，被这份情惹下来。世间，有太多的爱，无法抵御流年。在漫长的时光中，感情总会因各种各样的外因内患而被晾干。

但诗人的爱情不是。周围姹紫嫣红开遍，他却独爱掌中自认为最芬芳的一朵。甚至，他愿做窗台上那盆不起眼的植物，只要能与心爱的人在一起，终究心甘情愿。在诗人眼中，真正的爱从来都是从一而终，天长地久的。

再看他的《有一天》：有一天／我会在虫子的旁边　成为虫子／有一天／我会在星星的旁边　成为星星／有一天／我会在影子的旁边　成为影子／有一天／我会碰到那个爱吓人的字／被它领走／成为泥土中的泥土／空气中的空气。

也许你不会想到，这首诗写的是死亡。自古以来，没有人不是闻死色变。记得五年前，我的腹壁长了瘤子，医生建议马上手术。当时，由于弄不清瘤子的性质，拿着入院通知单，感觉死亡正张着血盆大口冲着我呼呼喘气。那夜星空灿烂，我却黯然泪下，整颗心泊满了恐惧与黑暗。诗人却不。他用舒缓的语气与死亡交谈，他微笑着向死亡问好，如同对待相知已久的老朋友一般亲切。也许，在诗人心里，他本身就是一捧香土，而死亡，不过是物化为泥。

飞红的诗歌，如同倒退的时光机，把生命中那些落花流水的光阴，分分秒秒地追了回来。似叮咚婉转的古筝曲，轻而易举地飘进灵魂最深的港口。品读飞红，周身似被清香缠绕，即使合上书卷出门去，香气仍似在身后拖着一条尾巴，走远了，还跟随着……

在精致的时间里，生命里的一切，都将是精致的。

原来你非不快乐

骨子里，我应该是悲观的。是谁说过，紧握左手的幸福，看到的却是右手的悲伤。这句话用在我身上，真是再合适不过。花开似锦，心里想到的，却是落英缤纷；韶华正盛，脑海掠过的，却是生死别离。悲伤如影随形，甩不掉，挣不脱。有时，连自己也弄不明白，那些沉甸甸的忧郁究竟来自哪里。而且，越长大，越不快乐；越年长，越难以快乐。

很久了，一直喜欢王菲的歌。林夕写的那些触动心灵的歌词，被她天籁的声线婉转忧郁地唱出来，有着无可比拟的绝美。林夕的文字，在香港和大陆拥有众多粉丝。很多人，沉浸于他营造的情感意境中，无法自拔。因此，2008年末，当他带着自己的新书《原来你非不快乐》来京宣传签售时，所到之处无不轰动，潮水般的"夕粉"围着他，可谓盛况空前。

今夜，我亦捧着这本禅意芬芳的书，视每个字如珍宝，静静感受其中的哲理与诗意。那些飘逸空灵的智慧，如清泉在石板上自由自在地流过，不知不觉间，轻轻撞击着我潮湿的心灵。

书不大，32开，亦不厚，只有200多页。封面上，是竖排的字，细碎而杂乱，恰恰是林夕一贯的风格。翻开书，似进了一扇渴望已久的门，我的眼神，在目录上迫不及待地抚摸着。那些标题，同他的歌词一样，有着令人眼前一亮的顿悟。如《人望高处》《水向低流》《我们拥有的多不过付出的一切》《生有涯》《我们都是傻孩子》，等等。

林夕说，他写这本书的初衷，是让一个读者找到一个救心圈，在浪奔浪流中得到浮起来的力量。是的，悲伤总是沉重的，它让人的身心一直下坠。林夕本人，也曾经是一个严重的抑郁症患者。七年间，只要一听到电话响，他整个人都会颤抖，常常彻夜失眠。甚至，他浑身的肌肉都会紧绷，心率也是忽快忽慢，周身的每个关节亦会无缘无故地疼痛不止……那些夜晚，他一首首地写歌词。他对自己说，我其实一点都不痛，所有的痛，都与我无关。林夕自比是牛的胃，把痛苦吃下去，耐心地咀嚼，最后，将之转化成营养并吸收。他说，生命最值得珍惜，绝对不能用来浪费，哪怕患了焦虑症亦是如此。

　　在这个似乎越来越不快乐的社会里，每个人，虽然有家，心灵却始终无处安放。大家比较着，计较着，总认为自己不如别人幸福。因此，也总是比别人更难得到快乐。记得，有家电视台曾经做过一个节目，好像是把1000元奖金送给一个看上去快乐的人。然而，记者在大街上搜寻了整整一天，腿酸了，眼花了，却始终没有发现一个这样的人。路人的脸，不是面无表情，就是忧心忡忡。那种晴朗清澈的笑容，因稀有而显得弥足珍贵。林夕说，他写过的最悲凉的词是：原来我非不快乐。其实，我是快乐的，只是只有我一个人没有发现。这句话，竟像太阳一样照耀着我，并且晃出了我一脸的泪花。

　　他又说，其实，我们之所以不快乐，是因为我们误会了快乐。古人讲宠辱不惊，就是把宠与辱放在了一起。从这个角度看，快乐与不快乐，其实也是一回事。细读他的书，会发现，与快乐相比，林夕更喜欢安乐这个词。他觉得，心安才能快乐。另外，他非常欣赏苏东坡的一句诗：也无风雨也无晴。我想，能做到这一点，应是真正地彻悟了。

　　合上这本书时，身心渐渐变得羽毛般轻盈。感谢林夕。是他让我懂得，快乐的本质不是如何得到快乐，而是去磨砺如何忽视快乐。因为，如果一个人能真正地忽视快乐，他还能不快乐吗？

成为自己喜欢的自己

自小，她酷爱画画。五岁时，在纸上画得不过瘾，就登着板凳在家里的墙上信手涂鸦。做警察的父亲很生气，要揍她。母亲却微笑着说："让她画吧，让她做自己梦想的事，做自己想做的人。这样，孩子开心，我们也快乐。"

她望着自己的作品，天真的小脸，在满墙的色彩缤纷中，顷刻开成一朵美丽的花。

在家，她不是听话的孩子。在学校，她同样不是听话的学生。读小学时，她常常逃课。一次偶然的机会，她结识了作家沈钧之。他常带着她散步，坐在葡萄架下读书画画，那段时光，令她非常快乐。

到了中学，逃课的习惯仍然未改。同学潜心苦读时，她却背着画夹去湖边写生，到书店阅读各种杂志，或者干脆待在家中写一些小诗。

母亲提醒几次无效后，便不再管她。父亲说："以她的聪明，每次考试都应该在前三名。"母亲却说："与成绩相比，是否具有宽松丰富的少年时光，对孩子的成长更为重要。"一路下来，被大家认为天资聪颖的她，数学成绩却很少及格。

逃课归逃课，她还是考上了大学。开始读的是当时炙手可热的经济系。中途，由于实在读不下去，又转到喜爱的中文系。这次选择使她不仅可以画出妩媚俏皮的漫画，同时还能吐字如珠玑，并且写得出一手清秀雅致的小楷。

大学毕业后,她去了一家报社当记者。只是,由于对新闻及采访不感兴趣,每月15篇的采访任务简直令她郁闷极了。她对总编说:"别让我跑新闻了,简直是受罪。让我给文字配画吧,一篇画顶一篇稿,不行就两篇画顶一篇稿,再不行就三篇画顶一篇稿……"总编拗不过她,只好点头同意。

后来,她调到了文联,从此成为一名真正的专职作家。不用坐班的工作,使她的生活更加自由自在了。

她说:"我的工作时间是以分钟计算的,每天做得最多的都是自己喜欢的事。"

曾经,《读者》原创版请她写专栏,每月交篇千字小稿即可。但她只写了三期,就再也不愿写下去了。原因是,她受不了每个月总有编辑在固定的时间催她交稿子。她说:"我喜欢有感觉的时候,多写一些,或者多画一些,然后交过去慢慢用。没有感觉的时候,我不喜欢被人催,而且催也没有用。"同时她也告诉父母:"不要对我寄予厚望,我不是一个努力工作的人,现在不是,以后也不会是。"

但是,就是这个看似散淡的美丽女子,自1998年以来,至今已出版了10部漫画集。她的作品集灵秀之气和人文精神于一体,评论家称之为"简笔浮世绘"。有近百家报刊大量转载她的漫画,10多家杂志为她开设了专栏,她的作品受到全国各年龄层读者的深度喜爱,并在国内外多次获奖。

她就是漫画家钱海燕。一个自在生活,随心随性的女子。

面对个别读者对自己作品的不理解,海燕说:"我画,只是因为我喜欢,只要我自己喜欢就可以了。如果你恰恰也喜欢,那么我替你高兴;如果你不喜欢,那是你自己的问题。我只管享受创作过程的快乐,至于以后它们在网络上流传或是出版成书,都与我没什么关系了。"

钱海燕家里不安电话,自己从来没用过手机。她每天的生活很安静,是那种不被打扰的静。她经常穿一身纯棉质地的白衣白裤,再配一双绣花拖鞋悠闲地出门去。她的目的地,大多是菜市场。有人调侃说,如果钱海燕不在家,她不在菜市场,就在去菜市场的路上。回来时,还经常会拎一棵白菜或是一瓶甜面酱。

钱海燕非常喜欢动物,自己还养了一条白色的大狗。她说:"当我轻轻抚摸它时,它的心律会变慢。更奇妙的是,我的心律也同样会变慢。"这种两个生命之间的信任和温暖,会将她深深感动。

清晨,她也经常走出去,闻一闻花香,听一听鸟叫。那个时刻,她感到自己的心像开满花的树,快乐得要飞起来。

钱海燕说,人生最重要的是做自己想做的事,做自己想做的人。如果在财富、爱情、智慧、自由这四种东西里让她选择三个,她选后三种。如果选两个,那么她选后两种。如果只能选一个,那么她选最后一个。

别抱着过去不放

2000年,吴越与陈建斌在拍摄《菊花茶》时相识并相恋。出生于书香门第的吴越,容颜娇艳似花,气质安静恬淡。剧组里,陈建斌无微不至的照顾,如冬日的炉火,温暖着她的整个身心。日久生情,很快,他们的恋爱进入白热化阶段。

2003年8月,两人满心欢喜地买了房。对吴越来说,陈建斌一直是她的幸福。她常常用真诚、可靠这样的词语来形容他。她说,许多男人都喜欢待在外面,而陈建斌却恰恰相反。除了必须的应酬,他一般都会待在家里。听听音乐,看看书,静静地陪着自己。吴越爱说话,有时朋友聚会,一大堆人在一起,吴越常会开心地跟大家聊天。而陈建斌却少言寡语,习惯了吃完饭就走。不过,因为深爱着吴越,他总会怜惜地等着她,极尽耐心。两人发生矛盾时,也都是陈建斌首先妥协。吴越说:"其实,他骨子里不是轻易妥协的男人,但他肯为我妥协,说明他对我非常在意。"说这话时,吴越纯美的笑容,在洁净的脸上如花盛放。她的目光泊满了憧憬与甜蜜,似前面有花团锦簇在等着,她只需静静地守候在这里,便已是永恒。

2005年10月,陈建斌与蒋勤勤一起拍摄电视连续剧《乔家大院》。蒋勤勤在剧中扮演甘愿为丈夫奉献一切的好妻子。两人的情感对手戏很多,常常在一起交流切磋。陈建斌与蒋勤勤从一见面就很投缘,他亲昵地称呼勤勤为"可爱的小虎妞",注视她的目光也溢满了温情。在拍摄接近尾声时，剧组的许多人都感觉到他们两人的关系已"非同一般"。

或许陈建斌早已厌倦了吴越的清淡如水，又或许蒋勤勤令他重新燃起了爱的激情，总之，这个吴越心目中的可靠男人最终弃她而去。2006年金鹰电视节上，陈建斌挽着怀有7个月身孕的蒋勤勤高调亮相，两人看上去甜蜜恩爱，被许多影迷称为"金童玉女"。

陈建斌移情别恋后，没有给过吴越任何解释。在接受媒体采访时，他张口闭口都是蒋勤勤，一度拒绝回答关于吴越的任何问题。陈建斌似一阵烟，被风轻轻一吹，在吴越的生活中便倏然散去。

吴越在不设防的情况下，突然遭遇了爱人的背叛。那段时间，她始终难以面对这个残酷的现实，痛苦似潮，在心头一片片漫过。为了避免触景生情，她推掉了许多情感剧的片约。情变之后，对媒体她一直保持沉默。圈内人都说，吴越非常善良，所有的痛，她都一个人扛着，自始至终没有听她抱怨过陈建斌半句。

两年过去，吴越终于接受了采访，首次跟记者谈起这段情殇。

仍旧是清爽的短发，容颜看上去依然娇美动人，特别是她的声音，甜甜的，柔柔的，银铃般清脆。面对话筒，她平静地说："这件事早已过去，他们已经开始过新生活了，我也是。我没有抱着以前不放，甚至我可能放得比他们更早。"

记者问："你感到遗憾吗？"

吴越淡然一笑："当我认清了，知道了一个答案以后，就不觉得有什么遗憾。"

记者问："面对这份失败的感情，你如何调整自己的心态？"

吴越说："我没有别人想象得那样脆弱，也没有别人想象得那样坚强。正常人有的喜怒哀乐我都有。判断一个人的品德，我是看当一件大事来临的时候，那一刹那他的反应。通过他的决定和解决这件事的方法，可以看出一个人的品质。当我看清楚之后，我心里就会给自己一个答案。从心里，我很感谢这次经历。它让我成长。也让我发现，宽容的力量是多么伟大。"

记者最后问："你恨他吗？"

吴越摇摇头，继而微微一笑说："时间一天天在过去，我的心也要过去。放过别人才会解脱自己。我可以不爱一个人，但绝对不会去恨一个人。"

是啊，恨是双刃剑，它不仅会伤害他人，更会伤及自己。爱之外，不仅仅是恨。不去仇恨，就会看到阴霾之上的阳光。不去仇恨，就会等来雨后的彩虹。不去仇恨，就会放下过往，得到真正的快乐。

宽恕就是爱。每一刻我们都有重新选择的自由，都有让自己更幸福的自由。所以，在遭遇背叛或伤害时，一定要记住：世间有一种宽容，叫不去仇恨。

穿越黑暗，让生命图腾

那时候，她喜欢在院子里，跌跌撞撞地追逐花丛中飞舞的蝴蝶，胆子似乎比男孩还大，一点都不怕鸡啊、狗啊这些小动物，常用白嫩嫩肉嘟嘟的小手去抱它们。

那时候，她的眼睛比谁的都尖，连一般人难以看到的绣花针、小纽扣等物什，都能很快被她找出来，因此，母亲做缝纫时，她俨然成了最好的小帮手。

那时候，她喜欢看壁炉中跳跃的火焰，尤其喜欢火舌由烟囱突然窜出的样子。晚上，她经常不肯上床睡觉，兴味盎然地望着燃烧的火舌发呆。

那时候，她喜欢各种鸟类，常常被母亲牵着小手，在附近的森林里散步。当看到母鸟在教小鸟飞翔时，她的眼睛亮亮的，充满了喜悦与好奇。有时，一看就是一上午，自己却浑然不觉。

那时候，她喜欢缠着母亲讲故事。对母亲正在做的事，总是感到既好奇又兴奋。她经常爬到母亲膝上，用不流利的话语一遍又一遍地问："妈妈，还要做多久？你什么时候能做完？"

然而，这些事，在她19个月之后，似被魔鬼施了法，统统消失不见。一场突发的疾病，似晴好的天空一声惊雷，无情地夺去了她的视力和听力，不久，又让她失去了说话的能力。自此，如同一条沉到海底的鱼，她的世界，只剩下黑暗与孤寂。

但是，谁能想到，就是这样一位在视力、听力以及说话能力上都有严重障碍的重度残障者，她给自己定的目标却是微笑着背起命运的十字架，在有生之年，努力学会自立，做个对社会有用的人。之后，凭着坚强的意志、乐观的态度以及顽强不屈的奋斗精神，她克服了与外界沟通的障碍，不仅学会了读书、写作和说话，还以优异的成绩完成了在哈佛大学拉德克利夫学院四年的学业，成为人类历史上第一位获得文学学士学位的盲聋人。

因为听不到声音，学说话时，她只能把手指放在老师的嘴唇上，用触觉来把握喉咙的颤动、嘴唇的运动和面部表情。然而，仅仅依靠手的触摸所感知的发音往往不准确。因此，她就迫使自己反复练习那些发不对音的字词和句子，经常一练就是几个小时，直到发音标准了为止。日复一日的失败，并未击垮她的信心。每天，一睁开眼，她给自己定的任务就是，练习，练习，不断地练习。在心里，她暗暗给自己鼓劲：很快我就不再是哑巴了，过不了多久，我就能跟母亲、妹妹，以及亲爱的朋友们自由自在地谈话了！正如她所想，希望就躲藏在绝望的背后，当她终于能够说话时，母亲紧紧地将她搂在怀里。妹妹抓住她的手，又亲又吻，高兴得跳个不停。那个场面，简直是"山岭齐声歌唱，树木拍手欢呼"，她不禁落下了喜悦的泪水。

另外，她酷爱文学，一生笔耕不辍，先后创作了14部作品。其中，在大学时代写下的自传体小说《我的生活》，出版后即在美国引起轰动，被誉为"世界文学史上无与伦比的杰作"。她也因此赢得了全世界的尊崇，被视为20世纪最富感召力的作家之一。

不仅如此，她还致力于盲聋人的公共救助事业。不顾身体不便，常年奔赴世界各地，巡回演讲，筹备善款，积极创立慈善事业，竭力为残疾人造福。鉴于她的特殊贡献，美国费城大学和英国格拉斯哥大学先后授予她"荣誉博士"学位。1964年，她还被约翰逊总统授予"总统自由奖章",这是美国市民的最高荣誉奖。

美国作家马克·吐温曾说过:"19世纪出了两个杰出人物,一个是拿破仑,另一个就是海伦·凯勒。如果说,拿破仑是战场上的英雄,那么,海伦就是生活中的勇士。"

有记者问她:"当灰暗沮丧的情绪,如同秋天厚厚的落叶向你涌来,你怎么办?"海伦微笑着,铿锵有力地答道:"我用意志选择生命,拒绝它的消极与空虚。"

正是在这种信念的支撑下,她在87年的无光无声岁月中,凭着不屈不挠的坚定意志,以及对幸福快乐的执着追求,将别人眼中的光明当作自己的太阳,将别人耳畔的音乐当作自己的天籁,将别人唇边的微笑当作自己的快乐。她用内在的眼睛穿透黑暗,将不幸与苦难转化成新的力量,最终获得了心灵的光明,让生命完成了更深层次的图腾。

爱是生命最重要的财富

从辞职，离家，到一个人的长途旅行，安妮宝贝的世界始终寂静无声。她的作品，人物多为灵魂漂泊者。外表冷漠，内心狂野，每个人都隐忍着叛逆的激情。她的文字，一直诠释着世事无常，情缘如风。其中有沉沦的放纵，也有挣扎的痛苦。

在城市荒凉冷漠的石头森林里，她是清醒隐忍的歌者。她的文字，恰似一支又一支落满忧伤的歌，先是唱给自己听，然后安慰那些同样绝望孤独的人。那些字，似小刀，划在每个情绪流动、思考挣扎的读者心上，可谓一声一痛。

安妮从不相信爱情，更不认为世间存在什么天长地久。她说："你看海里那些美丽的小鱼，它们睡觉时也睁着眼睛，不需要爱情，也从不哭泣。它们是人类的榜样。"在她眼里，爱情是最容易被怀疑的幻觉，一旦识破，会自动灰飞烟灭。她说，人与人之间只是路过，遗忘是给彼此最好的怀念。

安妮给大家的印象，一直是黑暗里的独舞女子。她舞给自己看，不需要观众，更不渴望掌声。大部分时间里，她对一切都了无兴趣。她漠视除自己关注和重视之外的所有感觉和现象，不容易付出，有享受孤独的需求。10年来，她始终一个人生活，极其低调地写作、摄影、旅行。几乎所有的人都认为，这就是安妮的生命状态，安妮的生活就应该是这个样子，她一定会循着这条路一直孤独下去。

但是，2007年9月，对广大安粉来说，无异于头顶炸开一记惊雷。安在博客里，以一贯淡定的口吻说：2007，我只做了两件事，写作《素年锦时》，及决定生养一个孩子。然后，时隔不足一个月的时间，各媒体便纷纷报道，著名畅销书作家安妮宝贝于国庆节在北京某医院剖宫产下一个六斤四两的女婴。听到这个消息的那个下午，内心似贴近了大团的温暖，汩汩的泪，在脸上如溪滑落。

我呆呆地想，那个光脚穿白球鞋，白麻布裙子里罩着黑色蕾丝内衣，深夜写字抽烟喝冰水的女子，也生小孩了吗？那个脑子里流淌着阴郁文字，处世为人凛冽决绝，对人世一直缺乏安全感的安妮，她真的做了母亲了吗？这时，阳光自窗斜入，暖暖地照在身上。光影里，我仿佛看到住在郊外的安妮，挺着高高鼓起的肚子，与爱着的男子一起，静静地种菜、养花。在傍晚火红的霞光里，她亲手给即将出生的孩子做玩具，缝制枕套，然后在温暖舒适的棉布上绣上艳丽的牡丹，绣上她为孩子取的名字。每天，她一只手抚摸着肚子里的宝贝，另一只手被爱人牵着，他们一起看树赏花，散步听风。阳光洒落，在他们身上欢快地跳跃，那般安静祥和，处处洋溢着凡俗的幸福。

安妮说："怀孕的时候，我能感觉到一种内心的变化，孩子在身体里成长，心也逐渐在饱满。"做完剖腹手术，在病房里第一次看女儿的脸。她微微皱着眉头，小小的嘴唇和下巴十分漂亮。她说自己有很长时间不能相信，这个小女婴是属于她的。有一天家里停电，房间里一片黑暗，月亮显得格外皎洁，她抱着女儿站在落地窗边，看着冬天庭院地面上湖水一样的月光，觉得这可能是她一生中最幸福平静的日子。

看到这样的话，我的欢喜亦随着她启封。那个内心阴郁疼痛的女子，已经在黑暗中寻到了光明，在冷漠中找到了温暖。生命里，还有什么比心灵的快乐与安宁更重要的呢？

那么,究竟是什么力量,使特立独行,一往无前的安妮突然改变了自己的初衷?答记者问时,安妮举重若轻地说:"爱是生命最重要的财富。"这句话,比她以往的文字,更强烈地击中了我的心。我知道,以后的岁月,因了爱,安妮会绽放得更加绚丽,更加温暖,更加完美。

其实,人生在世,我们朝思暮想并拼命追求的,并不是生命中最重要的东西。当我们离开这个世界的时候,内心最惦念、最不能割舍的,不是存折上的数字,也不是职称或地位,而是那些让我们感动与流泪的爱,那些爱我们同时被我们爱着的人。

感谢安妮,她让我更深地理解了生命的意义,并懂得了如何付出与感恩。

把不可能变成可能

在电视上看王志主持的《面对面》节目,又见到了海迪姐姐。她优雅地端坐在轮椅上,依旧是乌黑的头发,明亮的眼神,洁白整齐的牙齿。五十知天命的她,目光坚定,谈笑风生。在她脸上,看不到岁月刻下的沧桑与失意。相反,她的乐观与自信,深深感染着屏幕下的每一个人。海迪很爱笑。她的笑,似水滴,清澈透明,不掺任何杂质。

海迪五岁时被发现患有脊髓血管瘤,病情最终造成了高位截瘫,胸部以下全部没有知觉。10岁以前,海迪已动过三次大手术,懂事的她渐渐明白,自己再也没有站立的可能。只是,在病痛面前,在残酷的命运面前,她并未屈服与灰心。自小,她坚持自己的事情自己做。虽然没有机会走进学校的大门,却在家里自学了小学和中学的全部课程,并掌握了英语、日语、德语、世界语等四门外语,且最终获得了哲学硕士学位。

1983年,海迪开始从事文学创作,先后翻译了《海边诊所》等数十万字的英语小说,编著了《向天空敞开的窗口》《生命的追问》《轮椅上的梦》《绝顶》《美丽的英语》等书籍。

海迪说,她从不把病痛当敌人,而事实上,病痛已经成为与她朝夕相处的朋友。病痛让她将外部世界看得很宽容,也将人世纷争看得很淡泊。海迪的两句话给我留下了深刻的印象,她说,有病要装着没病，痛苦要装着没痛苦。她始终相信，一切都会过去，明天一定会好起来。她是这样说的，也是这样做的。一直以来，她把所有的悲伤与痛苦留给了自己，呈现给父母与世人的，却永远是微笑快乐的海迪。

在海迪家里，书柜倚墙而立，桌子上摆放着海迪收藏的各式钟表及帆船。海迪说，钟表意味着对时间的珍惜，帆船则代表着她对广阔世界的向往……海迪的家干净整洁，全部由她精心布置与收拾。她还会缝纫、织毛衣，且常常变换发型的样式以及香水的味道。由于身体条件的限制，她与爱人王佐良只能在屋子里散步。爱人推着轮椅慢慢地走，而海迪却用诗意的语言描述着想象中的风景：一棵树，一根电线杆，一条小狗，等等。

望着神清气爽，笑语嫣然的海迪，我一时忘记了她是每天被残疾与病痛折磨的人。或者，从某种意义上来说，海迪才是一个真正健康的人。因为，她比那些四肢健全，没有病痛的人，活得更加朝气蓬勃，更加热情洋溢，也更加坚强自立。

海迪说，真正的健康是心态的健康。她最满意的，就是自己一直以来的人生态度。尽管她一生都是在病痛中度过，但她从不气馁，而是积极创造，把不可能变成可能。如果让她撰写自己的墓志铭，她说她会写：这里躺着一个不屈的海迪、美丽的海迪、一生在病痛中追求健康生活的海迪。

活成一棵开花的树

　　世间大多数女子，你可以将她们比作花，比作水，比作蝶，比作猫，比作任何一种可以想到的，柔软而温婉的物质。她们喜欢贴在爱人怀里撒娇。受了委屈，习惯伏在母亲肩头哭泣。她们寻求依赖，渴望安定，对生活的变故充满恐惧。在婚姻与事业上，常常臣服于命运的旨意。

　　塞壬却不是。如果说，不谙世事的少女，犹如春天的蔷薇般绚烂天真，那么，历经坎坷的塞壬，在时光的河里，早已长成了一颗开花的树，内心笃定、沉着镇静。在我眼中，她像极了野生的向日葵，从不需要人工浇水，任尔烈日晒狂风吹，兀自越长越高，越开越旺盛。

　　塞壬原名黄红艳，出生于1974年，湖北黄石人，曾在大冶钢铁厂任职。1998年，国有企业改制，仅仅24岁的她，刚上班没几年，就下了岗。之后，由于喜欢写诗，又去了《冶钢报》《黄石日报》工作。然而，由于没有正式编制，虽日日勤勉努力，在工资福利等方面却无法得到平等公正的待遇。2001年底，她辞去形同鸡肋的工作，在同事诧异的目光中，独自背起行囊，开始了漫长的南下之旅。

　　作为形单影只，从未出过远门的弱女子，塞壬的果敢与勇气着实令人敬佩。如今，我国许多企事业单位，依然存在这样的分水岭。财政编制似乎成了金缕衣，穿在谁身上，谁就拥有了旱涝保收的金钥匙。这也是公务员考试每年报名人数呈直线上升的根本原因。而那些没有编制的，即便在工作上奋斗成全能，所获得的待遇亦一样与之相差千里。只是，面对歧视与不公，大多数人，只选择了私下里发发牢骚，或者一个人藏在角落唉声叹气，当第二天太阳升起，依旧十几年如一日陷溺在进退维谷的痛苦中，无力跃出，亦不舍得放弃。那扇令人窒息的大门，极少有人能昂首阔步地迈出去，心情舒畅地到外面呼吸一下新鲜空气。

然而，塞壬却认为，财政编制不过是个表面的框框，并非人们想象得那样重要。真正有质量的生活，不是一个编制所给予的安全感，而是激发起内心的积极性，过自己想要的生活，让生命如同奔驰的列车，沿着自己的轨道行走飞行。

在南方，身高 1 米 58，体重只有 42 公斤的塞壬，拖着简单的行李，游荡在广州、深圳、东莞等城市之间。四年中，她做过七八种工作，换过五六个手机号，用过八九张银行卡。如此频繁的迁徙移动，其间所经历的孤独无助、流离艰辛，不是每天下班后能够回家吃饭睡觉的女孩可以想象的。

不知从何时起，我们的生活节奏似乎一下子变快了。大家仿佛被某种力量裹挟着，在人生路上步履匆匆，辘辘前行。流年里，烦恼疲惫了笑容，忧虑累积了倦意。在这种缺乏安全感且下落不明的心理状态下，许多人的生活不再安稳，职业不再固定，爱情即生即灭，婚姻频繁解体。

对塞壬而言，这种快节奏虽然使内心产生了失重、惊慌，甚至是短暂的悲伤和颓废。另一方面，却又给了她雄鹰般自由飞翔的快乐，以及逃离旧日生活的舒心惬意。她认为，内心的热烈与生活的动荡并不矛盾，让生命按照自己的节奏自由地生长，结果才是和平。一路走来，塞壬已将自己置身于尘嚣之外，于她而言，那尘嚣或者从未到来，或者已被自己远远地抛在了身后。

塞壬不爱讲话，喜欢独处，可是，她的内心需要表达。不会跳舞，不会唱歌，亦没有其他嗜好，那么，就写字吧。对她而言，写字是唯一表达内心的方式。2001至2003年，她写的大部分都是诗歌。2004下半年，正式开始散文创作。她的笔名，源自古希腊的神话传说。她希望自己在做人与写作方面，都能像这种叫塞壬的海妖那样，敞开天籁般的歌喉，沿着自己的轨道，在人生的海面上快乐地翱翔。

如果说塞壬的生活一直在漂，那么，她的文字就是一直在飞。她说："我写，一定是现实的什么东西硌着我了，入侵我了，让我难受了，我写的，一定是必须要写的。不写，我会更加难受。这些文字是一个生命的挣扎、喊叫、对抗、破碎、痛、旁若无人地表达，像一头野兽。"

这种缺乏安全感的漂泊生涯，与其说是被迫，不如说是塞壬自己的选择。在人生的十字路口，如果她能放弃某些原则，向内心无法认同的东西妥协，那么，她完全可以生活得很稳定，很自在，很舒服。然而，对塞壬而言，坚持内心才是最重要的。在她这里，原则和底线永远不能突破。正是因为拒绝和从不妥协，才导致了她流浪生涯的继续。

记者问："一个人在路上行走，你不感到孤独吗？"塞壬浅浅地笑了，露出一口洁白的牙齿："一棵树是不用与别的树倾诉孤独的。"一个情感上臻于成熟的女子，会从内心取得对自己的爱。因为她明白，唯有自己，才能使自己成为拥有美好生活的女子。

又问："你相信爱情吗？"塞壬答："当然。爱情是我的世界观。在我心中，爱情比名利、地位、事业、写作，等等一切都重要。因为，只有相信爱情才能使我永远相信，人心是善良的，明天是美好的，活着是有希望的。"

塞壬每天晚上九点吃饭，深夜两点上床睡觉，第二天早上九点半上班。在晚上九点到两点的这段时间，多数人在看碟、看电视、打麻将，抑或聚在一起神侃。塞壬却打开电脑，开始专心致志地写作。她不听音乐，让自己保持绝对安静。她说，写作是与自己聊天。当她与心灵对话的时候，整个人似乎进入了另一个世界。那里，是一片新天地，她能闻到花香听到鸟语，看到草长莺飞，以及风起云涌，电闪雷鸣。

迄今，塞壬已在《人民文学》《天涯》《散文》《花城》《北京文学》《散文海外版》《美文》等纯文学杂志发表了很多散文作品。2007 年，她被誉为中国散文界收获的一颗钻石。2008 年，散文集《下落不明的生活》荣获第七届华语文学传媒大奖"最具潜力新人奖"；2008 年又凭借《转身》获得《人民文学》散文年度奖。如今，她已与东莞文学院签约，成了一名专业作家。

生活中的塞壬，性格内向，却衣着张扬，喜欢穿色彩艳丽的波西米亚服装。这个历尽千帆的女子，脸上没有落寞沧桑，眼神依旧乌黑明亮。她说："不管生活中发生了什么，都要有力量穿越地狱走向天堂。我这辈子，最大的收获，就是只做了我自己，我没有成为别人。"

我想，塞壬的存在，应该是对熙攘人世的特别恩惠。正是因为独特的个性，才成就了今天的塞壬，以及她散发迷人魔力气味的文字。

有朝一日，也许她仍会成为一个独守苍茫的漂泊者。如果某天在大街上遇到她，不管她正在从事什么工作，贫穷还是富有，身处顺境还是逆境，都不必惊讶，因为，无论何时何地，她都不会向命运或者其他任何外在的力量妥协，她的人生，只会沿着自己的轨道飞行。

世事安能皆如意

坐在对面的安意如，长发披肩，婉若轻扬，静美得似一朵盛开的莲。但是，当她站起来，却无法像正常人那样自如地行走。

由于出生时早产，导致运动神经受损，一岁时，同龄的孩子已经开始蹒跚学步，而她，却连坐都坐不住。自小，父母带着她常年奔波于全国各大医院，浓烈的消毒水味几乎占据了她全部的记忆。历经七次手术之痛后，专家却向她宣布了这样的结论：双腿已没有治愈的希望，只能通过强化训练得到少许改善。

安意如已记不清自己究竟吃了多少苦，遭了多少罪。许多年，她每天都是五点起床，直到晚上九点才能休息。期间，除了肢体高强度的训练外，就是进行针灸、理疗和按摩。无数次的重复，真是既枯燥又痛苦。

母亲对安意如一直非常严厉。为了让她学会骑小三轮车，母亲拿着一根毛衣针在身后追她。只要她稍有懈怠，母亲就会用针扎她的臀部。家里的皮带、鞋底、苍蝇拍，凡是能打人而不致命的东西，她基本上都挨过。

上学后，她拄着双拐在路上走。三五成群的小孩常会跟在她身后。他们哄笑着叫她跛子，一边叫一边很夸张地学她走路。遇到这种事，多数孩子会因屈辱而哭鼻子，会抱怨自己的不幸与老天的不公，而安意如却微笑着原谅了他们。她觉得，小孩子只是好奇而已，人性本善，他们并非有意羞辱她。而且，她认为残疾给自己带来的便利，要比不便多很多。比如，上车时，一定有人给她让座；下车时，也总会有人帮她把包拎下来；买东西或是办事时，大家总会主动迁让她。人世间的温暖，似冬日暖阳般洒在她身上。她说，岁月静好，能活着，能酣畅地呼吸，我知足了。

因为腿脚不灵便，她只能看着别人蹦蹦跳跳。内心也不是没有羡慕，但很快地，她就将这种羡慕转移到读书上。她读可以找到的任何种类的书，这为她后来深厚的文字功底打下了坚实的基础。

安意如说："我从未感到命运对自己不公平。相反，我认为上天对每个人都是公平的，它虽然没有赐予我健康的双腿，却让我对文字有一种特殊的感悟。让我可以在文学的海洋里酣畅淋漓地遨游。"

这个只有22岁的女孩，在不到两年的时间里竟高产了六本书。2005年9月，出版了传记文学《看张·爱玲画语》，在文学界引起较大反响。2006年8月，接连出版了文学随笔集《人生若只如初见》和《当时只道是寻常》。2006年10月，又推出随笔集《思无邪—诗三百》。2007年3月，关于乐府诗的评论集《陌上花开缓缓归》又像磁铁般吸引了众多"鹌鹑"。同年6月，言情小说《惜春纪》再次在文艺界翻起波澜。

当同龄人还在为找工作四处奔波的时候，安意如已在北京的黄金地段用版税为自己和家人购置了百万豪宅。

只是，身为畅销书作家的安意如，不仅遭到众多学界前辈的不屑一顾，而且从出版《人生若只如初见》开始，就不幸身陷抄袭门。有的网友，甚至专门对她的抄袭之处进行了颇为详尽的统计。诸如，《人生若只如初见》抄袭江湖夜雨的文章38处，《思无邪》抄袭江湖夜雨《惊才绝艳录——咏絮女儿评传》18处，《思无邪———夜征人尽望乡》抄袭余冠英的《诗经选译》几百字的翻译，只改动了几个字……面对铺天盖地的谴责与讨伐，安意如在接受记者采访时说：

"引用的文字应该注明出处，是我忽略了，这是我的错。如果法律判定为抄袭，我会听从法律。我的路还很长，以后，我会沉下心来好好写作，假以时日，当有建树。"果然，很快安意如就推出了她的新作——《惜春纪》，虽然网上褒贬不一，却仍是充分体现了她的文思与才华。如今，安意如每天晚上从10点写到凌晨三点，每次只写2000字左右。她说，凡事贵在精，贵在坚持，文字尤其如是。

世事安能皆如意？人生在世，每个人都不可能完美。我们总会有各式各样的不足或缺陷，也会碰到无法预测的挫折或遭遇，但是，上帝是公平的，他在对你关闭一扇门的同时，也一定会给你打开一扇窗。只要你勇敢地站在这扇窗前，就能拥抱属于自己的一片阳光。你要做的，只是立足那片阳光，用好那片阳光，让阳光最大限度地放射光芒！然后，你会发现，幸福与成功，已等候在前方的路上。

成功是舍得之后的专注，失败之后的坚持

　　他自小患有严重口吃。一篇百字文，其他同学几分钟就读完了，而他，却要吭吭哧哧地读上一个小时左右。他在公共场所说话，每次脸都憋成阳台上的红灯笼，窘得恨不得找个地缝钻进去。上学期间，他最担心的，就是课上老师提问。那些心里早已滚瓜烂熟的答案，在众目睽睽之下，竟全部成了茶壶里煮饺子，任凭千呼万唤，却怎么也倒不出来。

　　那些年，他真是苦闷极了。甚至想过，用断掉一条腿的代价去交换流畅的发音。他觉得，自己连哑巴都不如。哑巴不会说话，而自己整日结结巴巴的，比哑巴更让人难以忍受。

　　后来，父亲让他去跟一位电视播音员学说话。这似黑暗中燃起一盏明灯，他的心，顷刻亮起希望的光明。艰苦的练习就此展开。每天，站在空旷的草地上，他一字一字，配合着呼吸重复着那些枯燥的句子。开始并无效果。但他告诫自己，现在，只能用矫枉过正法，纠正多年来的错误发音规律，一定要迎难而上，让自己重获新生。湛蓝的天空下，他大声说：如果怕困难，就会越做越难。如果不怕，任何难关，都能被自己打败。就这样，一年以后，他不仅克服了口吃的毛病，而且练就了发言镇定自如的本领。

　　自此，他变得对人生信心十足。他认为，任何事情，只要坚持，就一定能做好。甚至，那些别人看来不可能的事，只要持之以恒地

付出努力，也一定能够成功。

　　他就是赫赫有名的青藏实业集团董事长，全国优秀企业家刘云强。

　　俗话说，穷人的孩子早当家。为了谋生，刘云强十二岁就开始到镇上的小工厂去打工。虽然钱没赚到多少，然而繁重的工作，却磨炼了他的意志。1997年，他拿出全部积蓄，在镇上开了家杂货店，一年能轻松赚个数万元。然而，两年后，在亲戚朋友的不解中，刘云强却突然关了门，跑到湘潭一家规模宏大的羊毛衫店去打工。大家搞不懂，究竟为什么，他放着月入数千的生意不做，却去外地赚每月800元的辛苦钱。其实，刘云强是来取经的。他想看看，人家的生意为何能做得如此大。他要增强自己成就事业的能力，争取以后做一个优秀的商人。

　　半年后，通过悉心求学，他熟知了服装店的操作流程，了解了哪些产品会适合当地市场，摸清了羊毛衫的进货渠道、价格以及利润。2000年，他开始自己创业了。

　　那一年，是他一生中最艰难的一年。先是资金不够，四处借钱使他整个人低到了尘埃里。然后又因业主拍卖店面而打官司。但倔强的他，一刻未曾想过放弃。最终，他挺了过来。赚了一些钱后，他不买房，不买车，而是不断地开连锁店，进行原始积累。后来，他又把批发和零售结合起来，使自己的销售网络越发完善。他想，要把生意做强做大，必须打造自己的品牌，于是，2005年，他注册了"青藏绒"商标。

　　为了占领市场，刘云强舍得投入，尽量给加盟商提供全心全意的支持。他说，他的目标，就是不留一件库存，让加盟商拿到的货都能卖出去。加盟商赚了，才会一直跟着"青藏绒"，"青藏绒"的品牌才能成功。

　　几年下来，"青藏绒"渐渐有了名气。有人看中了这个品牌，提出要购买这个品牌商标的其他产品（如时装、皮鞋）的使用权，刘云强却不受眼前利益的诱惑,婉言拒绝了。他说:"我看过很多名牌,男装做出了名气,就去做女装,做皮鞋、皮具,结果'火力没集中在一个地方',反而失去了市场占有率。我要做,就做专一,这才是发展品牌的长久战略。如果做杂了,可能就淡化了'青藏绒'品牌毛衫的专业定位。"

如今,"青藏绒"与世界知名设计公司合作,正全力打造世界第一生态毛织品品牌。"青藏绒"已率先举起品牌行业的经营大旗,成为年产量500万件的中国知名品牌和中国驰名商标。阳光下,浑身散发着无尽活力的刘云强,字字铿锵道:"无论哪个行业,只要坚持五年以上,就一定能等到春暖花开的那一天。"

把太阳光集中到一点,能使一堆干柴燃烧起来。认定一件事,只要不放弃,并持之以恒地坚持下来,就一定能有所收获。其实,打开成功之门的钥匙很简单,不过是舍得之后的专注,失败之后的坚持。

让自己清澈些，让世界清澈些

"聪明人基金"创始人贾桂林·诺瓦格拉兹自弗吉尼亚大学毕业后，幸运地进入金融业发展。很小的时候，看到穷苦且受尽歧视的黑人，她的心已然泛起同情和慈悲。六岁那年，她刚刚上学，老师问她长大了想做什么，她忽闪着大眼睛，说出的答案让在场所有的人敬佩而吃惊。她说："我要改变世界，让穷人也过上好日子。"

由于工作关系，她走遍了世界各地。她看到世界正面临着日益严重的贫富分化问题，帮助穷人的念头再次在脑海里汹涌地升起。于是，她不顾家人反对，断然辞去人人羡慕的高薪工作，远赴非洲投入内心向往的理想事业。

然而，任何事都不是一帆风顺的。作为享有天生特权与优势的白人女孩，进入黑人领域后，迎接她的不是支持和掌声，而是各种排挤和背叛。面对重重困难，她没有退缩，而是坚定信念勇往直前。她一直记得，美国作家蒂莉·奥尔森的一句话：与其淡漠地度过一生，不如全身心地去投入。她想，既然任何事情都需要付出代价，那么，暂时的挫折与误解就是一个必经的过程。她相信自己的选择，更会为了那些花开做出毕生努力。

后来，她在美国创建了"聪明人基金"。这是一个非营利的创投机构，专门以投资方式在发展中国家开创可以永续经营的企业，并为贫穷民众提供民生服务。

20 年来，贾桂林在整个美国产生了一定的影响力。以前，许多人都认为人活着几乎没有什么意义，然而，正是这个高挑清瘦的女子，用并不宽阔的肩膀，让他们看到自己完全可以为这个世界做一点什么。

Jawad aslam 出生在美国海港城市巴尔的摩，以前从事房地产工作。2001 年，美国发生 9·11 恐怖袭击事件后，他辞去职务，去了巴基斯坦，希望自己能给那里的人们带来些改变。

在伊斯兰堡的贫民窟里，他看到人们住着低矮的土坯房，下雨时四处进水。那是一个与当今社会格格不入的地方，看上去经济至少后退了 50 年。当时，他在心里给自己订了目标，一定要在这块贫瘠的土地上，建造一个相对舒适的居住社区。晚上，躺在床上，他在心里一遍遍描绘着未来的蓝图，想着想着，不禁甜蜜地笑了。

然而，任何事都不是想象得那般容易。在那里，他几乎没有一分钱的收入，只靠微薄的补贴度日。获得了"聪明人基金"的耐心投资后，由于他要求自己远离行贿，只是站在道德的平台上做事，因此，经历了整整两年的漫长等待，才终于落实了土地使用权。

虽然，这个愿望实现得晚了些，但是，所有的人都从他身上看到了道德的力量是如何被提升的。原来，许多事，并非只能通过参与腐败才可解决。遇到事情时，我们完全可以选择另一种方式，让自己清澈些，同时，通过自己的努力，也让这个世界清澈些。

如今，这个地方已经有 2000 多人居住在他建造的 300 多座房子里，社区里有宽敞明亮的学校，还有便利商店、卫生诊所，等等。甚至，他还修建了供大家休闲娱乐的草坪和健身场所。

虽然，我们的世界正面临着许多迫在眉睫的问题。诸如环境污染、地球变暖、金融危机以及人类内心越来越强烈的恐惧和排他感。然而，Jawad aslam 用行动告诉我们，只要拥有爱心，再荒芜的地方都能变成美丽的花园。

一切都是我们自己选择的。然而，事实上，每天我们都可以让自己的生活重新选择一次。我们可以选择一种改变过往超越自己的道路，一种基于慈悲和爱的道路，一种勇于承担责任和维护正义的道路……

罗伯特·肯尼迪曾说："只有少数人能够影响历史，但是，我们每个人都能改变历史进程的每一小步。当这些改变加起来的时候，我们的历史就写成了。"

上帝借了她的手

她的手很小,尤其是末指,很明显短于常人,曾被认为不适合弹钢琴;她一生坎坷,"文革"中更是历尽沧桑颠沛流离,但却一直初衷不改,从未停止过练习钢琴;她为人低调至极,不上网,不用手机,而且从不宣传自己,被称为音乐界的"塞林格";她迄今未婚,一个人独居在法国巴黎的塞纳河畔,却与已故钢琴鬼才古尔德一起被视为全世界演奏巴赫音乐的"并峙双峰"。她就是十年前已经红遍整个欧洲,在国内却一直鲜为人知的中国钢琴大师朱晓玫。

1.

朱晓玫20世纪50年代出生于上海一个艺术家庭,自小对钢琴表现得异常痴迷。每天晚餐后,同龄的小朋友都迫不及待地向外跑,常常聚在一起做游戏。唯有她,总是冲着前来喊她出去玩的小伙伴摇摇头,轻轻关上房门,在黑白分明的琴键上,开始她永无止境的练琴之旅。起初,由于韧带尚未拉开,她短小的手指明显纤弱无力。经过恒久坚持,韧带终于拉开了。看着自己的手指在琴键上越来越娴熟地舞动,她的心,像振翅的蝶,快乐得欲飞。虽然,由于过度练习,常常导致指缝间一片青紫,手指一碰琴键就会钻心的疼,但是,那又如何?内心的快乐,早已抵消了所有的疼痛,每天,她依然安静地坐在琴房里,弹得如痴如醉。

有人问:"晓玫,你为何如此喜欢弹琴?"

她抬起头,明亮的眸子如琴键般黑白分明,"因为琴声里有故事,特别好听的故事。"

又有人问:"如果不弹琴,你想做什么呢?"

她低下头,不假思索地答:"不,我只想弹琴。"话音未落,手指已陷落在琴键中。那一刻,画面屏住了呼吸,只有荡气回肠的旋律穿过耳畔,飘扬在洁白的薄纱窗帘里。

1962年,12岁的朱晓玫考取了中央音乐学院附中,由于学习刻苦努力,成绩一直非常优异。日子像山泉,平淡而清澈地流淌。每天,她用越来越多的时间坐在钢琴前,十指流动间,脸上写满了饱足宁静。如果,岁月能一直这样,天蓝蓝风轻轻地安详下去,该有多好!然而,谁的人生都不可能一帆风顺,1966年,"文革"开始,她被送到内蒙古农村进行劳动锻炼。没有钢琴,她不知道自己的双手将安放在哪里?没有音乐,她不知道,接下来的漫长时光,究竟该如何挨过去!内心唯一清楚的是,为琴而生的自己,不能一日无琴!

2.

那个年代里,青春的脸庞大都懵懂地随风而舞,激情澎湃中,早已把初衷丢失在风中。晓玫却不。她一直活得清醒而冷静。她知道自己要什么,人生的道路该怎样走。她的人生是琴键人生,她的世界是黑白世界。对她而言,人间再无比黑白更美丽更诱人的颜色了。她对钢琴的痴爱,白得纯粹,黑得绝对。因此,凭借超乎常人的执着,她硬是冲出了黑暗的窗口,幸运地找到了一部旧钢琴。

零下20摄氏度的天气,她的手冻得既红又肿,像两个小馒头,一捏一个坑。然而,天寒地冻又如何?艰难困苦又如何?只要能弹琴,日子依旧是鸟语花香的天堂。根据同学黄安伦回忆,当时,晓玫弄到的钢琴还缺了几根琴弦,聪慧的她,竟然找了几根普通的钢丝来代替!

只是，琴虽然有了，在那个年代，却不能自由自在地弹。为了不被发现，她悄悄把钢琴放在一个位置偏僻的农民家里。每天，收工后，别的同学都累得躺在炕上休息，她却坚持步行十几里，怀着一颗朝圣的心，偷偷地去练琴。

纸糊的窗子上，泊着星星的微芒。她坐在琴前，看着手指在黑白琴键上如水般流动，大片的阳光，突然就在眼前开了花。

晓玫常常练习的，是从家里带来的手抄本，巴赫的《平均律曲集》，目的是为了保持手指的灵活性。她一直记得，中央音乐学院的老师曾告诉过她："要暖手，一定要练巴赫的《平均律曲集》。并且，最好是赋格，慢的赋格，尤为重要。"正因为持之以恒的坚持，以及亘古不变的热爱，在那个混乱的年代，每天面朝黄土背朝天，踩着解放鞋风里来雨里去的朱晓玫，琴技不仅丝毫没有荒废，相反，经过"千锤百炼"，她弹奏的巴赫时而轻盈，时而婉转，简单干净得如同孩童的眼睛。

1977年，与同龄人一样，晓玫满怀憧憬地迎来了国家恢复高考的政策。只是，如同雪总是悄然降落一般，命运的手，亦常常是悄然伸出的。那个午后，当她得知自己因为超龄不能参加高考时，心里的叹息，落花般，掉下来。她坐在琴前，眼泪随着高山流水的琴声，无法控制地纷落。但是，她是朱晓玫！坚强达观，从不埋怨，更不会愤世嫉俗的朱晓玫。她擦干眼泪，望着蓝天白云安慰自己：有琴弹的日子，就是好日子。

淡淡的月光，在晓玫身上，微微镀了一层银。坐在钢琴前的她，如同幽暗深处的瓷器，闪着清冷执拗的光。看她练得辛苦异常，有人好心地劝道："还是别做梦了！凡事都是命中注定，人不能跟命争。"她莞尔一笑，淡淡地答："我没有做梦，我只是在做自己喜欢的事。"

3.

生命的奇迹，总是发生在那些不放弃的人的身上。一年后，晓玟幸运地进入中央音乐学院研修班学习，师从中国钢琴教育泰斗周广仁。站在风景如画的校园里，快乐一朵朵地在她心里次第开放。原来，山不转水在转，只要有颗坚持的心，一切都会柳暗花明。

从此，晓玟练琴更加努力了。别的同学，有的热衷于拍拖，有的急于追名逐利，她却心无旁骛，从早到晚，任手指在琴键上燕走云飞。当然，任何付出都会有结果，1979年，美国小提琴大师斯特恩来到中国，偶遇朱晓玟干净婉转的琴声，似听到了天籁，非常赏识她。同时，他也指出，虽然她弹奏的舒曼在技艺上堪称一流，遗憾的是，音乐却完全不对。

夕阳西沉，一点点落在心底，几只小鸟从窗前飞过，小小的翅膀，驮着红色的忧伤。斯特恩的评价，给这个热情投奔自由音乐的女子不啻当头一棒。但是，大师的中肯与善意，同时又令晓玟眼前一亮，使她充分认识到中国音乐与国际水平的差距。

之后，在斯特恩和周广仁的帮助下，晓玟远赴美国，进入波士顿的新英格兰音乐学院学习。由于经济拮据，又没有地方练琴，她只好请求交响乐团的首席长笛手，以无偿替她打扫卫生为条件，换取在她家的钢琴上练习。长笛手瞟了晓玟一眼，她不认为眼前这个普通的中国女人能够弹出什么优美的旋律，因此，她要求晓玟只能在自己不在家的时候弹，车库门一响，必须立刻停止。结果是，有一天她提前回到家，竟惊喜地听到了晓玟悠扬美妙的琴声，于是，当即激动地表示，以后将无条件支持她学习。

只是，在内心深处，晓玟最向往的，却是古典音乐之乡欧洲。1985年，在签证到期的前两天，她毅然离开美国，只身前往艺术天堂巴黎去闯荡。

4.

在巴黎，朱晓玟可谓历尽沧桑，尝遍艰辛。好在，她精湛的演奏感动了音乐高等学院的一位教授。他不仅为她介绍了教职的工作，而且还帮她找到七个可以免费练琴的地方。更幸运的是，她在一个家庭音乐会上弹奏巴赫的《哥德堡变奏曲》时，深深吸引了一位爱好音乐的老太太。为了帮助这个视琴如命的中国女子，老人甚至把自己在塞纳河畔的一间公寓以极低的价格租给了她。要知道，能住在美丽的塞纳河畔，几乎是所有艺术家的梦想。那里河水潺潺，树木葱郁，简直是人间天堂。

对晓玫而言，钢琴就是自己的整个人生，音乐就是她的全部世界。每天，她沉醉其中，流连忘返。为了练琴，她不上网，不用手机，甚至，为了不被打扰，连家里的电话都设置成了语音留言；为了练琴，她一日三餐只在面包上涂点黄油充饥；为了练琴，她几近与世隔绝，以至于老师周广仁三次去巴黎都未能与她相见。直到最后一次，他历经辗转，终于找到她的家，却惊讶地发现，里面除了一架施坦威钢琴和一张床，几乎再无另外的家具。晓玫就是用这种接近苦行僧般的生活，践行着自己音乐朝圣者的信仰。

梅花香自苦寒来。1999年，在朋友的帮助下，50岁的朱晓玫出版了自己的第一张唱片。如同清晨的荷，经历了漫长的暗夜之后，终于以自己的姿势，哗然绽放。自此，石开玉现的她，接连不断地受邀到欧洲各地去巡演，所到之处，场场爆满，好评如潮，甚至，演唱会的票提前半年就会售罄。

乐评人刘雪枫说，朱晓玫演奏的巴赫仿佛是上帝借了她的手一般，堪比天籁，又胜似天籁！

在网上，她的唱片被炒到近百美元一张，现在均已绝版。另外，刚上市的巴赫《平均律曲集》CD更是纵身一跃，高居巴黎音乐排行榜第三名。

5.

2011年初，张克新等乐评人先后在《爱乐》《读书》等杂志撰文，隆重推介朱晓玫和她的音乐，加上微博上的声声相传，使她在国内的声誉日渐隆起。只是，晓玫本人却依旧神秘而低调。作曲家叶小钢屡屡邀请她回国演奏，都被她婉言谢绝了。一直以来，她远离喧嚣，潜心音乐，对名利金钱都看得很淡。她说，她自己出唱片不是为了宣传，也不是为了得到更多的演出机会，她只是想为那些喜爱音乐的人带去快乐和心灵的安宁。是啊，多年来，正是因为她能静心练琴，才能把巴赫弹得炉火纯青。艺术需要寂静呼吸。只有真正地沉下心来，音乐才能直抵灵魂。

当有人谈及她的感情生活时，她若有所思地说："如果结了婚，也许我就弹不了琴了。"

不禁泪湿眼眶。心想，要怎样的朝圣和热爱，才能让一个人生活得如此单一而纯粹？望着神情淡定的她，不禁想到了英国诗人兰德的《终曲》：

> 我和谁都不争，
> 和谁争我都不屑。
> 我爱大自然，
> 其次是艺术。
> 我双手烤着艺术之火取暖，
> 火萎了，
> 我也准备走了。

如今，这位梳着简单短发，没有华丽演出服的女钢琴家，已经60岁了，依旧沉浸在自己的音乐王国里。她是所有艺术家的榜样和旗帜。静水流深，为琴而生！

纵然爱梦难圆，依旧无怨无悔

1.

长长的静默，风吹叶落。1973年3月6日，81岁的美国作家赛珍珠，带着满腔遗憾，以及对中国无与伦比地思念与眷恋，永远闭上了双眼。自此，她倾情热爱的第二故乡——中国，已与之遥远成海角天涯，再也抵达不到。

1972年5月，收到拒绝访华的回信时，赛珍珠衰老孤独的身体，如同深秋的雨布，顷刻瑟瑟成薄凉。只是，误会也好，曲解也罢，甚至连那些常人难以接受的人身攻击，亦不能动摇她的"中国心"。她对中国的感情，如同落叶生根，早已渗透到骨子里。因此，当记者问她："你还想回到中国吗？"她微仰着头，眼底清泪盈盈，语气却坚定有力："我的心，从来没有离开过中国！我的童年时代，我的少女时代，我的青年时代，乃至我的一生，都属于中国！"对她而言，"中国"这两个字，那么美好，那般温暖，仿佛从心里长出来的嫩芽儿，每说一次，她的心，就会幸福地开一次花……

1892年6月26日，赛珍珠出生在美国西弗吉尼亚州。与其他婴儿不同的是，刚刚出生三个月，她就被父母放进摇篮里，漂洋过海来到中国。此后，赛珍珠一生中的前40年，除去回美国上大学的四年，以及读硕士学位的两年，均在中国度过。自小，她跟一位姓孔的先生学习四书五经，说中国话，写中国字。闲暇时，则由母亲教她英文、音乐、美术和宗教。童年的赛珍珠,最喜欢听奶奶讲中国民间传说和历史故事。这些口头文学,对她以后的创作产生了很大的影响。15 岁时,她进入上海某家寄宿学校就读。出落成大姑娘的她,穿中式服装,梳长长的麻花辫子,以至于到后来,连赛珍珠自己都觉得她与中国女孩没什么两样。

19 岁那年,父亲安排她回美国读大学。在康奈尔深造时,她主修的是英文,论文却洋洋洒洒地写了《中国与西洋》。谈到中国吃苦耐劳的农民,以及不同地域的风俗习惯时,她的眼神里,似有火焰在烧。看得出,当时,赛珍珠的中国情结已经根深蒂固。她觉得,是丰富深厚的中国文化滋养了自己的精神世界,使她与中国,以及勤劳朴实的中国人结下了终身的不解之缘。

硕士毕业后,赛珍珠再次返回中国。接着,她与美国经济学家约翰·布克结婚,两人在土地贫瘠的宿州生活了三年。其间,她接触到许多目不识丁、辛勤劳作的中国农民,目睹了他们如何在贫穷困苦以及天灾人祸中不屈不挠地挣扎和拼搏。中国农民的善良和顽强,深深地感动着赛珍珠。她发现,一直以来,西方对中国人的了解和评价是片面甚至扭曲的。她觉得,眼前这些不辞辛苦、坚毅勇敢的农民才是中华民族的真正代表。她决意替这些不善言辞的中国人说话,用自己的文字,写下他们生活的艰辛、理想与追求,给美国以及全世界呈现一个真实的中国。

2.

为了方便传教,赛珍珠一家没有住进与外界隔绝的租界或侨民保护区,而是在比较落后的地区与中国普通百姓毗邻而居。最可贵的是,赛珍珠不仅酷爱读书,还尽可能深入到中国民间,四处走访,跟老百姓交朋友。因此,她对中国历史和现状的认识甚至不亚于许多中国作家。她的写作,与外国某些浪漫主义作家不同,他们大多为了制造异国情调，以满足本国人民的好奇心。赛珍珠写中国，则纯粹是出于对中国的关心、同情，甚至是感恩。她曾说过："我早已学会了热爱中国农民，他们如此勇敢，如此勤劳，如此乐观而不依赖别人的帮助。长久以来，我一直致力于为他们讲话。就这样，赛珍珠怀揣一颗赤诚之心，为了表达对中国兄弟姐妹的挚爱深情，她主动承担起'为民请命'的角色，成为中国人民和中国文化的'发言人'。"

1919年，赛珍珠与丈夫来到金陵大学任教。在学校分配的一所小洋楼的阁楼上，她面向群山，文思泉涌，几乎完成了后来为她赢得诺贝尔文学奖的全部作品。这座洋楼现在仍然静静地立在南京大学北园的西墙根下。

1931年，她以中国农民为题材的长篇巨作《大地》在纽约出版，引起轰动，她亦于一夜之间名声大振。1932年，《大地》获普利策小说奖。1938年，她又荣获诺贝尔文学奖。赛珍珠一生共创作了近百部文学著作。她的作品，影响了欧洲整整两代人对中国和中国人的看法。正如一位英国学者所指出的那样："是赛珍珠和她的作品为数以百万计的欧洲人民提供了第一幅关于中国农村家庭和社会生活的长卷。"

接受诺贝尔文学奖时，赛珍珠在题为《中国小说》的演说中，向西方文化知名人士宣告："虽然我生来是美国人，但恰恰是中国小说而不是美国小说决定了我在写作上的成就。"接着，她如数家珍地阐述了中国小说的起源与发展演变及其特征，又详细介绍了中国名著《水浒传》《三国演义》和《红楼梦》，最后，她由衷地说："我想不出西方文学中有任何作品可以与它们相提并论。"

另外，在创作《大地》之余，她还花费五年时间翻译了中国古典文学名著《水浒传》。虽然，迄今为止已有多种国外译本，但是，赛珍珠翻译的《四海之内皆兄弟》无疑是最为准确、最有影响力的。

赛珍珠的文学创作，不仅呈现给世界一个真实的中国，并且，她亦是第一个把中国农民放在跟西方人同等地位来描述的外国作家。这样的言论，对现在而言，似乎没什么大不了。然而，在当时那个对东亚充满偏见的年代，却可谓石破天惊。

美国前总统尼克松曾经称赛珍珠为"沟通中西方文明的人桥"。她的努力和尝试，为中国社会赢得了国际上广泛的同情与支持。正如获得诺贝尔文学奖时，瑞典学院的颁奖词所言：赛珍珠的作品，为西方世界打开一条路，使西方人用更深的人性和洞察力，去了解一个陌生而遥远的世界。

3.

然而，赛珍珠所处的年代，以及非同寻常的经历与成就，亦注定了她人生道路的坎坷不平。

首先，尽管她写作的目的是想让西方了解一个真实的中国，但是，毕竟她不是中国社会学者，亦非用马列主义思想武装起来的作家，因此，她的文字在同时代以鲁迅为首的中国大作家眼中，不免显得片面而肤浅，并且缺少积极意义。中国现代作家习惯于通过描写农民和地主两大阶级的斗争，表明对农民处境的同情以及为他们寻找出路的理想。而赛珍珠仅仅是一个旁观者，她只能对他们当时的生活做如实的记录，看到什么便写什么。因此，鲁迅曾这样评价她："中国的事情，只有让中国人来写，才可以见到真相。赛珍珠虽自视中国如祖国，然而，看她的作品，毕竟只是一位生长在中国的美国女教士立场而已。"因为鲁迅先生是在中国文坛威信极高的主将，他的话，可谓一言九鼎，颇具影响力。另外，巴金对赛珍珠的厌恶亦十分明显。他曾坦率地表白："我素来对赛珍珠没有好感……她得了诺贝尔奖奖金以后还是原来的赛珍珠。"这些评价，遂使赛珍珠及其作品在中国长期遭到禁锢和抨击，并且，在后来的"文革"

中被片面地发挥和理解。

其次，赛珍珠虽然获得了诺贝尔文学奖，但是，美国文学界却并不接受她。当时，以男性为主流的美国文坛，根本容不得一个以异国题材为特色的女作家独占鳌头。大诗人罗伯特·弗洛斯特曾说："如果连赛珍珠都能得到诺贝尔文学奖，那么每个人得奖都不该成为问题。"另外，作家威廉·福克纳甚至更为尖刻，说他宁愿不拿诺贝尔文学奖，也不屑与赛珍珠为伍。当然，后来，这位小说家依然自豪地站在了赛珍珠曾经站过的领奖台上。

但是，纵使世界文坛对赛珍珠的作品褒贬不一，作为获得文学最高奖赏的女作家，她无疑是成功的。况且，岁月流逝，昨是今非。对赛珍珠的评价亦是如此。1990 年，《大地》的新中文版和其他小说在中国相继出版。次年，中国首次召开"赛珍珠文学创作讨论会"，徐迟对她的作品给予强有力的肯定。2002 年，江苏镇江举行纪念赛珍珠诞生 110 周年活动，并宣布她的故居为历史文物单位。2004 年，政府又为赛珍珠建立了纪念碑，并以她的名字为城市广场命名。今年，赛珍珠在中国再次卷土重来，《大地》《母亲》等代表作品被各家书店争相摆到了畅销书的位置，一度被禁锢和抨击的赛珍珠终于复活。

4.

赛珍珠在世界上的影响至今不衰，不仅源于她的文学成就，还在于她创立了世界首家无种族收养机构"欢迎之家"，为成千上万名儿童提供了生活保障与资助。1964 年，为了帮助不符合收养条件的孩子，怀着对亚洲国家的特殊感情，她又成立了"赛珍珠基金会"。她把写作所收获的丰厚稿费和版税几乎全部用在了各种福利事业上。

作为女人，赛珍珠的一生是成功的，亦是孤独的。

由于丈夫布克有家族病，她唯一的女儿只能是一个永远长不大的弱智儿童。并且,她本人亦因生产时手术而不能再生育。她与布克的婚姻,早已名存实亡。虽然,她与第二任丈夫也算琴瑟和谐,但是,没有人能真正懂她并走入她的内心。

金发碧眼,一身中国打扮的赛珍珠,在世人眼中,始终是一个异类。她把美国称作"母国",把中国称作"父国"。双重文化背景的生活带给她的,既有取之不尽的恩泽,亦有相伴终生的痛苦。

由于各种原因,自1934年回到美国后,赛珍珠再没踏上过中国这片令她心心念念的故土。虽然,她被称作"大地之女",然而,她热爱的大地却不在她的脚下,而只能终其一生萦绕在梦里。梦里不知身是客。读大学时,籍贯一栏,她填的是"中国镇江"。病逝后,按其遗愿,她的墓碑上没有任何称谓,只镌刻着自己手书的三个汉字"赛珍珠"……

因为爱,她早已忘记了自己异乡人的身份,早已忘记了所有的曲解与伤痛。她的心里,只有一颗中国心、一场中国梦,纵然爱梦难圆,依旧无怨无悔……

第三辑

人生在世，不就是为了一场盛开吗

虽然生活时常有纷扰，像乱糟糟的行李在夜里散落一地时翻箱倒柜的心情。但关了灯，也还有满天关不掉的星星。也许明天是好天气，也许有人会让你很生气，但明天会到来，都值得庆祝和高兴。人生在世，不就是为了一场盛开吗？让花成为花，让草成为草，让你成为你，让我成为我。如同植物那样，按照自己的属性，生长成自己喜欢的样子。

那些来来去去的事，根本不值得在意

我有一个男同事，相貌奇丑。不仅身高只有一米五，且五官错位，下巴上翻，满口只有五颗牙。他分配到我们单位时，因为丑，没有一个科室愿意接收他。最后，局长将他安排到后勤工作。那里跟外界接触少，能尽量避免一些尴尬。

在很多场合，人们遇到他都会纷纷侧目。甚至在上下班途中，常会有三五成群的小孩跟在他的单车后奔跑，嘴里还大声叫喊着："怪物，快来看怪物……"因长得丑陋，同事待他也非常冷淡。投到他身上的目光，多是带着刺的嘲笑。那些锋利无情的刺，足以扎得他身心俱痛。

只是，他似乎对遭遇的一切都毫无知觉。终日乐呵呵的，看到谁，都一脸阳光地主动打招呼。他每天微笑着来，微笑着走。日日将本职工作做到无可挑剔，即使打扫厕所，亦会哼着歌，把便池擦得洁净光亮。自上班开始，他从未跟局长提过任何要求，在单位里，他是最服从分配的一个，且服从得心甘情愿。

后来，局长听说他打字极快，就调他去了办公室。自此，他成了全局最忙的那个人。常常晚饭都顾不上吃，在单位里加班加点，只为完成那一份接一份的公文。无论是谁，不管是股长还是普通职员，凡拿来资料或文件让他帮忙的，他都欣然应允。日复一日，他将头埋在电脑前，不曾叫过一声苦累。忙碌的间隙，他会抬头望望窗外。大家看到那张丑陋的脸上，竟有暖煦的笑正一朵朵升起。

同事私下说，这个人，不仅长得丑，脑子也不灵光。这年头，这种为他人作嫁衣的工作，还有谁会毫无怨言地长期干下去？大家望望他面前堆积如山的文件，再看看他一丝不苟的样子，摇摇头，内心有不屑轻轻飘过去。

男大当婚。一些亲朋开始为他张罗对象。女方条件都不怎么好，但大家想，他生得那样丑，有姑娘肯嫁，就不错了。先是一个下肢瘫痪的残疾人，他见也没见。再是一个小裁缝，他见了，却摇头说："个子比我还低，对后代有影响，不行。"又见了一个农村姑娘，他仍然摇头，说："文化太低，我说的话她都听不懂，以后还怎么过日子？"有人问："你到底要找什么样的女人啊？"他笑笑，脸上浮起一抹羞涩，"找个我喜欢的就行。"那人又问："你喜欢什么样的呢？"他答道："个子高，有文化，身体没有残疾，而且从心里想跟我好好过日子。"问的人摇摇头，不再说什么。心想，这个人，真是心比天高，命比纸薄。

许多人劝他："你自小在农村长大，家里穷，自身条件又差，凑合着找一个算了。"他仍笑着说："终身大事，怎么能凑合呢？我相信，世间总有一朵花，在为我开放。我一定会找到她。无论多久，我都会等下去。"

35岁那年，他终于等到了自己的爱情。女孩高中毕业，身高一米六五，长得很端庄。家人对她的选择坚决反对。女孩对父母说："你们不要以貌取人。他不仅聪明能干，身上还有着许多其他男孩子没有的优点，我相信，跟着他，日子一定会越过越好的。"婚后不久，他被提升为法规股股长。面对同事的惊讶与不解，局长说："他是我见过的最称职的职工。当然，凭他的能力，也会是最棒的股长。"

一次逛商店，恰巧遇到他的妻子。她在帮他挑领带。她拉住我说："我挑半天了，这三条，都适合他。你帮我选一条最好看的吧。"

眼前的女人，穿着长靴短裙，头发烫成很时髦的款式。她的脸上，写满了幸福与快乐。

婚后第二年，他们的女儿出生了。女儿长得很像他，一点也不漂亮。但女儿也如他一样，从小便非常自信。三岁时，有人问她："甜甜，你像爸爸还是像妈妈？"她绽开笑脸，快乐地答："我像妈妈一样美丽，像爸爸一样聪明。"

那天我问他："人们对你那样无礼，那样不友好，你如何能做到满不在乎，如何能始终保持快乐的心情呢？"他说："别人所做的一切，都是别人的事情。而我更应该在乎并为之努力的，却是自己的事情。我的事情，就是如何让自己快乐，让生命丰盛，让生活美好。"

他的话，如暗夜的灯光，将我的心瞬间照亮。是啊，很多时候，我们都太在意别人的评价了。别人的鄙夷与嘲笑，别人的误解与轻慢，别人的冷漠与疏远，这所有的，其实都是别人的事情。一直以来，我们的目光太久地投射到了别人的事情里，却偏偏忘记了自己的事情。

心烦气躁的时候，去看看大海吧。无数波浪在起伏，但海的深处是平静的，一切动荡只在表面。表面是别人影响你的地方，它根本就不是你的不足和缺陷，所有的焦虑都是你对别人态度的反映。要走多远的路，我们才能明白，来来去去的事根本不值得在意，你需要做的，是找出那个不变的你。

独一无二的你。与众不同的你。唯一的你。

即使有无数个跌倒的理由,也别趴下

阳光西斜,书房的光线渐渐暗下来。电脑屏幕上,男孩局促地站在全班同学面前,大大的眼睛水汪汪的,里面荡满了层层叠叠的雾霭:"对不起!耽误大家上课了。以后……我保证……再不发出怪声了。"老师满意地点点头。他的眉头,却凝了深深的无奈与迷茫。然而,刚刚回到座位上,他的头又开始向一侧频繁摆动,同时,喉咙亦无法控制地,再次发出"啵啵"的怪叫。老师的目光,刀子般落到他身上。寂静的教室,又是一阵哄堂大笑……

长长的叹息,秋叶般,掉下来。心像被尖锐的针扎了又扎,倏然间生疼。

男孩叫科恩,是美国电影《叫我第一名》的主人公。与某些不那么幸运的孩子一样,科恩也是被上帝咬过一口的苹果。自六岁起,妥瑞氏症如同亲密的伙伴,几乎与他形影不离。这是一种罕见的,至今尚无医治手段的精神控制失调疾病。症状是,无论在课堂上,餐馆里,还是美妙的音乐会上,科恩都会无法抑制地反复发出巨大的"啵啵"声。由于行为异常,科恩受尽了同学的欺负,老师的批评,以及校长的责备和开除警告。甚至,连父亲都一直认为,他所需要的,不是去医院治疗,而是自身的克服和控制。好在,天空不可能一直阴沉,生活亦不会完全糟糕。生命里,总有一些理解和关怀,如同冬日的阳光,给他的心灵注入温暖和明亮。

首先是母亲,她的爱和鼓励,给科恩生命的杯子一次又一次续上了热水。其次是善良且极具教育才华的梅尔校长。音乐会上,科恩频频发出的"啵啵"声引得大家纷纷侧目。梅尔问他:"你为什么要发出令人讨厌的声音?为什么不控制?"科恩一边继续发着怪声,一边难为情地回答:"我无法控制。因为我患了妥瑞氏症,这种病现在无药可治。"校长又问:"我们怎样才能帮你?我指的是全校的每一个人。"科恩小心翼翼地答:"我只希望大家别用异样的眼光看我。"片刻过后,掌声雷动。大家一改以往的嘲讽和漠视,每个人都用友好的目光望着他。梅尔校长用心良苦的几句话,犹如一只温暖的大手,拨开了科恩头顶积蓄已久的乌云,为他的生命开启了一扇全新的大门。

大家都认为,科恩这样的情况,肯定会选择与说话无关的工作。然而,出乎所有人意料,他的理想,却是成为一名优秀的小学教师。他一直记得,梅尔校长说过:学校是用知识打败无知的地方。即使学生与众不同,也要给他们学习的机会。从那一刻起,他下决心要成为梅尔那样的老师。他要告诉每一个孩子:与众不同又何妨?即使你的缺陷终身无法改变,也没什么大不了的。只要你学会接受它,微笑着与它和平共处,它对你的负面影响就会越来越小。

为了实现教师梦,科恩在地图上圈出没有应聘过的所有学校。一次又一次面试,一次又一次失败,他的简历总是在世俗的既定概念里被冷冷地驳回。父亲怕他自尊心受挫,理智地劝他放弃。科恩却坚定地回答:"希望是很难戒掉的习惯。当老师是我毕生的愿望,我别无选择!"在连续被25所学校拒绝后,他终于通过了景山小学的面试。那一刻,科恩灿烂地笑了,心快乐得欲飞。坐在屏幕前的我,亦情不自禁跟他一起欢呼雀跃。

是的,在每个人心中,理想都是青春里最美的一场梦。如同盛放的烟花,璀璨而饱含激情。然而,能照进现实的梦想,毕竟凤毛麟角。当烟花熄灭，夜空沉寂，大多数人，不过是黯然收了双翅，低低滑翔着，归于烟火深处。

这样看来，科恩虽然不幸，却又非常的幸运。他知道自己想要什么，并且，一直循着心灵的方向，不畏挫折，迎难而上，坚定地走着一条成为自己的路。

年终，他被评为最佳优秀教师。上台领奖时，由于紧张和激动，他又无法控制地频繁发出"啵啵"的怪声。他说："我今天可以站在这里，是因为家人、同事、学生、朋友们的鼓励和支持。这个奖，应该归功于他们。但我更要感谢这辈子最难克服，也最执着的老师——妥瑞氏症。它告诉了我全世界最宝贵的经验，那就是，千万别让任何事阻止你去追逐梦想！"

科恩后来拿到了硕士学位，亦遇到了两情相悦的爱人。结婚后，他们一直住在亚特兰大，做着自己最喜欢的事。

非常庆幸，在这个仲夏之夜，我能遇到灿烂阳光的美国男孩科恩。他让我懂得了，当你不幸被上帝咬了一口，关键不是如何去寻找丢失的那一部分，而是如何利用剩下的那一部分。你一定要记住，即使有无数个跌倒的理由，也别趴下！因为，人的未来是未可知的，人的价值也是未可知的，人生还有无限可能！

步步生莲

自生下来,她就患了"婴儿型进行性脊髓肌萎缩"。这是一种由常染色体感染导致的遗传性疾病,病魔潜伏在人体基因里,导致四肢残疾。更可怕的是,随着年龄的增长,病人往往会发生吞咽困难,最终因呼吸肌麻痹而窒息死亡。

北方的六月,草绿得青翠,花开得热闹。然而,她却只能歪着头,浑身无力地陷在轮椅里。医生断定她不会活过30岁。青葱的生命,尚未成长,便开始了残酷的倒计时。

长着一双手,却不能洗脸刷牙,也不能梳头穿衣,甚至连最基本的大小便,亦无法自理。眼看着母亲累弯了腰,愁白了发,她的心,山呼海啸般疼痛着,却亦是枉然。

她无数次地问自己,你什么时候能不再拖累妈妈呢?黯淡的夜,恍若梦境。弦月在空中伶仃地悬挂着,瘦得让人心疼。偶然闪烁的星光,似梦想在眨眼睛。她千遍万遍地幻想着双脚站在地上的感觉。一边想,一边难过。清冷的泪,洇湿了开满红牡丹的枕巾。

长大些,极懂事的她,不再奢望自己能站起来。她想,生命如此短暂,我要跟死神赛跑,珍惜每一个屈指可数的日子。

没有读过一天书的她,在母亲的辅导下,自学了小学到中学的全部语文课程。接着,她又阅读了能够找到的,古今中外的所有文学作品。一次偶然的机会,她认识了文学编辑赵泽华。自此,在赵老师的鼓励和帮助下,似久旱逢甘霖,她痴痴地迷上了写作。18岁那年,她的处女作《春恋秋》被《中国残疾人》杂志刊用在卷首。此后,她的散文、诗歌、小说等作品陆续在《新青年》《中国青年》《三月风》等全国各大报刊上发表。2002年7月,她的自传体散文《命运是海,我是帆》在北京《中国残疾人》杂志社和中央人民广播电台联合举办的"生命礼赞征文"中获得了一等奖。

为了减轻母亲的负担,女孩决定赚钱养活自己。于是,她排除万难开了一家书报亭。每天早晨,母亲推着轮椅把她送过去。朝霞中,她绽放的笑脸,似路旁盛放的鲜花,清婉香彻。这个坐在轮椅里的女孩,唇红齿白,妆容精致,一头乌发,如瀑布泻落在肩头。但凡相遇的人,都会情不自禁地回头看她。目光里,不仅仅有同情,更含了许多欣赏和敬意。

她这样的状况,能活下来已属不易,没有人在装束上过多地要求她。她却从不允许自己邋遢半分。她说:"每个人,都是人世间的一抹风景。我要尽量,让自己美丽些,再美丽些。"每天出门前,她都要艰难地配合着母亲,将头发梳理整齐,再画上弯弯的两道眉,然后,在苍白的唇上涂上喜爱的玫瑰色口红。她一年四季,都穿艳丽的长裙。更多的时候,她会让母亲给那双不会走路的脚,套上精美的小靴子。靴子很便宜,却一定是她欢喜的大红。靴尖上,镶着闪闪发亮的水钻,在阳光下反射出炫目的光来,竟生出煞人的惊艳。

文章发表后,她常会收到读者的来信。多的时候,一天竟收到了103封。由于精力有限,她无法一一回复。于是,她自费开通了"倾诉热线"。每天晚上,她都躺在床上,倾听每一位朋友的心灵私语。那宛若天籁的温柔女声,不知慰藉了多少因各式各样的遭遇而浸泡在痛苦中的心灵。

她的右手不能动,只有左手可以稍稍活动一点儿。写作时,她只能将笔用皮筋捆在左手腕上。但即便如此,她仍歪歪扭扭地完成了16万字的自传体随笔集《生命从明天开始》。这本书，在2005年，由朝华出版社出版。签售时，盛况空前。

她叫心曼。一个有着干净笑容、清澈眼神以及美丽心灵的女子。她在身体重度残疾的情况下，硬是通过不懈的努力，让自己在没有成长土壤的石缝中，开出了艳丽的花朵。如今，心曼已经32岁，超越了医生定下的死亡界限。现在，她与姐姐合写的第二本书，是关于爱情的长篇小说，书名叫《如果我能站起来吻你》。已由海迪姐姐作了序，即将出版。另外，心曼说自己还有一个愿望，就是想做一次电视节目主持人。

接受访谈时，面对亿万观众，心曼银铃般的笑，似晴日环山的水流花开，都是从心里淌出来的。主持人问："遭遇这样的命运，你一定觉得很苦吧？"她却摇头，清丽的声音，似筝曲叮咚婉转着："不，恰恰相反，我觉得自己的日子过得很甜。我的身体虽然残疾了，却遇到了赵泽华、张越、路一鸣、海迪姐姐等那么多愿意帮助我的人。这么多年，我一直活在爱里，活在对生命永不放弃的希望里。这些都是幸福的理由啊！"

眼睛顷刻被润湿了。是啊，心曼说得对，幸福是需要理由的。当你为自己找到这些理由时，内心就会步步生莲。人生所有的奋斗，不就是为了等待一朵花的开放吗？而心曼的生命之花，已经灿烂地盛开了……

把自己活成一个品牌

程杨出生在山里。在家她是老大。下面还有两个妹妹,一个弟弟。没办法,父母重男轻女的思想严重,不生儿子死不休。于是,有了现在的一家六口人。

山里的农民,地少。遇到干旱,年收入尚不足千元。家里六张嘴等着吃饭,母亲早早愁白了头发。在生活的重压下,父亲的腰,像沉甸甸的麦穗,在风中弯了又弯。

穷人家的孩子,懂事早。程杨自小学习刻苦,她没有什么远大理想,她的心愿,就是走出山去,多赚些钱,帮父母供养弟妹。

在程杨心里,山外的天是蓝的,风是轻的,连马路上的味道,都是香的。坐在简陋的教室里,小女孩的心像快乐的蒲公英,已经飞得很远了。

用老师的话说,如果程杨生在别人家,一定能考上大学。长大后飞出山外,去大城市过好日子。遗憾的是,生活没有如果。程杨初中毕业后,在所有师生惊讶的目光中,以全年级第一名的成绩退了学。

不是她不想念了,而是父亲不让她念了。父亲说:"女娃认几个字就行了,书读得再好,最终也是泼出去的水。"

16岁那年,程杨开始上班赚钱。她翻过故乡的小山,只身来到县城。在饭店端盘子,在超市当收银员,在干洗店打零工……瘦弱的她,如同一棵小草,在人生的风雨里飘摇。每个月,除了留下少得不能再少的生活费,她把工资都寄回老家。父母逢人便夸大女儿能干,寄回的钱一次比一次多。却从未想过,女儿孤身在外,心里苦了找谁诉说,身体冷了去何处取暖。

程杨不怪父母。他们是大字不识的农民,他们的目光只能看到金钱那么远。对他们而言,钱是衡量女儿是否孝顺的唯一标准,只要经常拿钱回来,这个女儿就是乖的。

18岁,程杨遇到了生命中的贵人。他是某旅游公司经理,在他眼里,面前这个体态娇小、口齿伶俐的女孩不做导游真是太可惜了。

程杨喜欢导游这份工作。带团的时候,她觉得自己俨然成了最重要的主角。那么多人跟在自己后面,向自己咨询,听自己讲解。甚至,有很多游客都是令她仰慕的作家、画家,以及各个行业的佼佼者。跟优秀的人在一起,她的快乐,是深夜的一窗灯光,哗啦啦地溢出来,挡也挡不住。

程杨是个好强的女孩。为了把导游做得有声有色、与众不同,她把业余时间几乎全部用在了学习上。广泛涉猎,扩大阅历,增加信息量,尽量使自己的知识结构更完整更全面。时光穿梭,青春飞扬。程杨的人生字典里,只有一个方向,向上,再向上。

我是在云南开笔会时与程杨相遇的。第一眼见她,是在腾冲机场出口处。远远地看到一个身穿少数民族服装的女孩站在那里,个子不高,连说话的声音都带着笑。杂志社主编介绍说,程杨是腾冲旅行社最优秀的导游,为期一周的笔会,将由她全程陪同。

程杨的确厉害。车上一帮作家,提的问题五花八门,竟然没有一个能问得住她。她拿着话筒,站在大巴车的过道里。时而老气横秋,时而风趣幽默。她像沙漠里一汪清澈的泉,让每个人的心里都泊满了惊喜和快乐。望着随意打着手势、谈笑自如的程杨,我甚至在想,如果她做了电视台节目主持人,一定也是优秀的那一个。

在热海爬山时,同行的张兄穿得太厚,不得不把外衣脱了。为了让他方便拍照，程杨自告奋勇帮他拿衣服。后来，由于天气炎热，又有几位作家脱了外套，调侃她是不是可以全部帮忙拿着。她笑着接过来，很自然地放进自己的大包里，目光里没有半点不情愿。

烈日炎炎。程杨抱着一大堆衣服，一边爬山，一边给大家耐心地讲解。开始，我以为她只是做做样子。未料，那些衣服她竟然一直沉甸甸地拿在手里，直到下了山，大家上车时才还回去。

车开了，程杨一边擦着脸上的汗水，一边让大家闭上眼睛休息一会儿。这时，有人提议，让美丽的导游唱一首歌。程杨嘿嘿地笑，说自己五音不全。接着，她又大方地说："生命重在尝试。虽然唱得不好，也还是可以唱的。"于是，她唱了那首《我在腾冲等着你》。

"等着你，等着你，我在高黎山下等着你。这里的山花日日为你开放，我们曾在此相遇。啦啦啦，等着你。啦啦啦，等着你。才分别又想着要见面，我在腾冲等着你……"

歌声悠扬，虽然唱得稍稍有点跑调，依旧很动听。车上响起热烈的掌声。

我的好奇心又升了起来。游览火山公园时，主动跟程杨聊了一会儿。

"你每月工资多少？"我问。

"每月四千多。加上年终奖，每年收入大约六万。"

"哦，不少哦。在腾冲这个小县城，应该算是高工资了。"

"是的。我挺知足的。不过，我每个月都会给爸妈寄回去几千块贴补家用。我个人的开销一般在五百元左右。我弟弟今年上高中了，家里开销大一点儿。"

"你弟弟学习成绩怎样？"

"嘿嘿，没有我当初的成绩好哦。不过，不管怎样，我也要供他读大学的。"

"你怨恨父亲吗？当初，是他中止了你的学业……"

"不。父亲有父亲的难处。他信任我。觉得我有能力担起这个家。如今，通过自己的努力，我做到了。从这个角度看，是父亲成就了今天的我。"

那一刻，我突然很佩服这个女孩。她遇事不钻牛角尖，懂得与自己和解。凡事站在别人的角度理解和考虑。这样的人，内心有着非比寻常的力量，足以抵御生命中的一场又一场风雨。

五天很快过去了。送我们到机场的路上，程杨送给大家四个字。她真诚地说："第一个字，是缘分的缘。俗话说，百年修得同船渡，千年修得共枕眠。那么，跟大家共处五天，算起来也是百年的缘分了。第二个字，是原谅的原。这几天里，程杨有做得不好照顾不周的地方，还请各位老师多多包涵。第三个字，是圆满的圆。此次行程能够圆满结束，多亏了大家对我工作的支持和配合。在此说声谢谢了！第四个字是财源的源。祝大家以后的生活，财源如同滔滔江水连绵不绝。"

那一刻，对程杨突然有一种依依不舍的留恋。快到机场时，一位作家突然大声喊了一句："我爱腾冲！我爱程杨！"霎时间，他的话似成了领唱，车里的人集体喊道："我爱腾冲！我爱程杨……"

到了机场，程杨说，送走我们，她要利用接下来的休息时间好好背书，为半个月后的旅游资格考试做准备。她说："欢迎老师们明年再来腾冲，到时，程杨就是二级导游了。"

问她这么累图什么？

她想了想，说："为了把自己活成一个品牌。这是对自己负责，也是对生我养我的父母负责。"

也许，她真的已经成了腾冲的一个品牌。因为，在返程的飞机上，大家一直在谈论这个出色的导游。时光会轻而易举地抹掉很多人，很多事。然而，我相信，程杨会在我们心中停留一段时间，甚至更久。

翅膀断了,心灵也要永远飞翔

1.

13岁以前,是关燕记忆里最美好的时光。上学或放学的路上,她喜欢自由自在地奔跑。跑着时,辫梢上两条漂亮的红绸结,似振翅欲飞的蝶,跟在身后快乐地雀跃。小城的大街小巷,洒满了她银铃般的欢声笑语。

邻居望着关燕比朝霞还要灿烂的笑脸,对她母亲说:"燕儿这丫头,前世莫非是只小喜鹊?"母亲眼睛里溢着喜爱,一脸幸福地答:"是啊,这孩子生性乐观,都没见过她发愁,真是我们全家的开心果。"

命运的风,却总是刮得纷乱。关燕13岁那年,腿突然开始发软,走路也常常会莫名其妙地摔跤。去医院一检查,被医生确诊为囊肿所致的骨髓压迫。从1986年至1990年,关燕先后做了四次手术,几乎一年一次。手术需全麻,要整整持续八个小时。但每次,关燕都先是安慰父母一番,然后开开心心地走进手术室。躺在手术台上,望着窗外湛蓝的天空,她回忆着童年里那个蹦蹦跳跳的自己,心里装满了对未来的憧憬。她对自己说,只要能站起来,再大的疼痛我都可以忍受。

第四次手术后,她的主治医生在查房时随口问她:"你家买轮椅了吗?"心倏然一沉,清澈的眸子闪动着迷茫:"我有双拐,为什么要买轮椅呢?"医生怜惜地答:"以后,你要站起来恐怕不容易了,还是买一个吧。"绝望如山呼海啸般涌上心头,泪似秋雨,哗然飘落。医生的宣判,切断了她所有的希望。自此,向上的心渐渐沉落。为了躲避路人异样的眼神、同情的目光,她将自己封闭在家里,整整四年没有出门。

2.

出于个人爱好,自闭在家的关燕开始跟电视和收音机自学英语。她是那种要么不做,要做就要做好的女孩。两年的勤学苦练后,抱着试试看的心理参加了中央电大的考试,不料竟顺利地考入大连外国语学院。捧着录取通知书,她的心被两种力量上牵下扯着。一种是去。她深知,上大学对她来说是何等的重要,甚至,这可能会改变她一生的命运。另一种则是不去。多年来,由于长期封闭在家,她觉得自己连跟别人交流都会有问题。几天的思想斗争后,最终她还是选择了去。她对自己说,你的身体残疾了,更应该有一颗健全的心灵。现在,请先让自己的精神站立起来。

关燕无疑是幸运的。每次上下课,同学都会主动来帮她抬轮椅。听力课在六楼,他们数百天如一日,从未因为她给大家添了麻烦而有过丝毫的轻责薄怨。周末时,大家出去玩也都会带上行动不便的她。众星捧月般,关燕一路被此起彼伏的笑声簇拥着。浩瀚无际的大海边,同学把她从轮椅上抱下来。坐在沙滩上,镶着白边的浪花快乐地亲吻着她的身体。那一刻,她觉得自己跟大家没有什么不一样。而这些,都是可爱的同学们给她的。

两年的大学生活,对关燕而言并不容易。由于只有初一的文化基础,跟其他读过高中的同学相比,她学起来自然相当艰难。每天,关燕抱着厚厚的词典,一个字一个字地啃那些在别人眼里滚瓜烂熟,对她而言却非常陌生的汉字。有同学问:"关燕,你怎么一直在学啊!"她抬眼,投过来一个明媚的笑:"因为不会啊。不过,慢慢我都能学会的。"

3.

毕业后,关燕在家又学了一年的函授。1998年,再次以高分考入北京外国语大学深造,并获得了学士学位,她的眼睛,似透过阴霾的阳光,瞬间明亮了许多。走在大街上,内心的自信已让她不再在意别人异样的目光了。就这样,她渐渐从自卑的阴影中走了出来。

为了减轻父母的经济负担,也为了学以致用,关燕决定从事家教工作。当她坐着轮椅出现在学生家里,一口流利的英语,让在场的人无不震撼。关燕拿出自学时的书本让学生看,孩子顷刻呆住。那上面,她不仅密密麻麻地做了笔记,还用彩笔进行了精细地标注,所下功夫皆非一般人能比。在关燕的辅导下,这位学生的英语进步很大,高考时竟考了126分。

后来,关燕有了正式的工作,在奥鹏远程教育中心做英语辅导老师。自此,她开始通过网络,辅导全国各地的学生学英语。现在,她教着一万多名学生,每天都要在电脑前工作到深夜两点。虽然很累,内心却感到快乐且充实。另外,由于北京奥运会即将来临,全国掀起了学英语的高潮。她又义务教附近的武警官兵、街坊邻居和小孩子们学习英语。几年下来,关燕已是桃李满东城。因为这个原因,她被评选为"2006年感动东城十大功德人物",大家都亲昵地称呼她为"轮椅上的奥运使者"。

4.

2008年2月15日,通过东城区残联推荐,关燕幸运地收到了北京奥运会火炬手确认函。那一刻,心似清晨的荷,怦然开了花。她迫不及待地将这个好消息告诉了包括父母在内的所有熟悉的人,让他们与自己一起分享这份幸福的喜悦。

成了火炬手,她担心自己臂力不够,开始每天坚持练习哑铃,希望通过短时间高强度的锻炼使自己更加强壮些。关燕想,虽然自己是一个残疾人,但我一定要做得跟其他火炬手一样棒!

那天,午后的阳光水银般洒得到处都是。关燕一边练着哑铃,一边想着火炬和奥运。突然,她心里萌生了一个念头:如果我给国际奥委会写信,表达我对奥运的热爱和支持,结果会怎样呢?会不会收到回信呢?

这个想法,似初升的太阳,顷刻将她的心照得光芒四射。心动不如行动。她马上给国际奥委会主席罗格写了一封信。信中写道:我是一名普通的英语教师,很荣幸地当选了北京奥运会的火炬手,在我35岁的人生中,没有什么能比这件事更能让我激动的了。我想告诉您,虽然我身有残疾,但是我会遵循更高、更快、更强的奥运精神,不断努力,不断挑战自己。我将会通过我工作的地方,通过现代化的信息网络,将奥运精神,带到中国的每个角落。

她怀着满腔激动,将信放进了邮筒。时间一天天过去,一颗心越发忐忑不安。罗格主席能收到信吗?收到信他会看吗?看到之后,他会回信吗?那些日子,关燕日日关注邮差,天天盼着能够收到国外来信。5月27日,漫长的等待终于有了结果。未料,她竟收到了罗格主席的亲笔回信。罗格在回信中写道:第一,非常高兴能够有机会来向你表达我衷心的祝贺,祝贺你成为中国的火炬手。第二,非常感谢你对奥林匹克事业的热情。第三,希望你能够有一个特别美好的未来。这封信,虽然很短,却给关燕的心灵注入了无比强大的力量。她觉得,罗格主席的来信,不仅是写给自己的,它更是写给北京奥运会的,写给所有的火炬手和残疾人的。

5.

2008年5月12日,四川汶川发生了特大地震。电视上那些凄惨的画面，将关燕善良的心一下子揪紧了。她一夜夜地失眠，翻来覆去无法入睡。那些被父母宠爱的娇嫩的花朵，因为自然灾害，瞬间变成了残疾人。他们幼小的心灵，正在承受多么巨大的打击。关燕再次想到了网络。她在新浪注册了自己的博客，在上面，她给灾区的孩子们写信，记录自己每天的经历，希望能够用自己的故事来鼓励他们。

关燕说，公司在四川省青川县重建了一所木鱼中学。奥运会结束后，她会跟同事一起前往灾区。她要让那些内心忧伤成河的孩子，亲手摸一摸祥云火炬，让他们零距离地感受一下奥运精神。这对孩子们而言，应该会是极大的鼓励。

五月，空气温润甜美，微微流动的风里，到处散发着春天的芬芳。笑靥如花，在关燕脸上自信地绽放。我知道，这朵花因希望而诞生，因努力而成长，因坚持不懈而盛开。

关燕最欣赏张海迪的一句话：翅膀断了，心灵也要永远飞翔。她一直拿这句话当座右铭。她常对学生和灾区的孩子说，面对无常的命运，只要始终微笑着去努力，每个人都将是自己生命中最辉煌的太阳。

真正的选择是勇于放弃

琴是我的初中同学。个子不高,相貌普通,瘦得像根火柴棍儿。

记忆里,琴是班里学习最用功的。可是,她的成绩却一直是倒数。甚至,在一次又一次的考试失利后,连班主任老师都劝她放弃求学这条路。

她却是那么喜欢读书。一路挑灯夜读,风雨兼程,精神可嘉到我们都忘了去嘲笑她的成绩。

毕业后,我考上了省属中专,去了离家数百里的廊坊读卫校。

琴补习了两年,上了小城的重点高中。高考时,她又补习了三年,23岁时终于收到了大学录取通知书。

毕业后,琴回到小城,分配到某科局当会计。工作清闲,人脉广泛。一年后,我们喝了琴的喜酒。男人在铁路工作,虽然只有高中学历,却长得高大帅气,工资在小城也是最高的。茶余饭后,一帮同学聊起琴,个个羡慕不已,啧啧称赞。

彼时,我正供职于某乡镇卫生院。住宿舍,吃食堂,周末骑着自行车,顶风冒雨30里才能回一趟家。

晚上睡不着时,望着窗外的半轮弦月,想想琴,再想想自己,不禁感叹,命运是一扇神秘的门。门里看到的,与推开门再看到的,往往不是一回事。

接下来,我忙着调工作。托人,找关系,终日焦头烂额。正当我把琴的生活当作奋斗目标的时候,她却放弃了原来的一切,又去追另一只风筝了。

先是离婚。原因是男人在外面有了别的女人。东窗事发后,男人一边抢自己耳光,一边恳求她的原谅。琴不哭不闹,从始至终只说了一句话:"当你的心里没有我的时候,我的心里早已没有了你。两个同床异梦的人在一起多别扭,还是分开好。"

接着,在一片唏嘘声中,她又决然地辞了职。有人说,琴是不是受刺激了,这么好的工作,别人求都求不来,她竟然说辞就辞了!

面对纷至沓来的各种猜测,琴从不解释。问她为什么?她抿嘴一笑,淡淡地说:"生活是自己的,本来就与别人没什么关系。何况,在乎我的人会理解我,根本不必解释。至于那些不在乎我的人,解释又有何用呢?"

坐在对面的琴,依旧很瘦小。但是,我却从她身上看到了一种风骨。这种风骨里有拒绝,有勇气,有巨蟹座特有的一意孤行。

然而,更出人意料的还在后面。

那个周末,我打电话约她去逛街,话未说完就被拒绝了。原来,她刚刚报考了注册会计师资格考试,正在紧锣密鼓地复习。

从超市出来,顺路去看她。眼前的景象真的把我惊呆了。

正是盛夏,暑热难耐。她坐在地上,四周全是复习资料。她母亲告诉我,已经两个月了,除了吃饭,琴不分昼夜地把自己埋在书堆里。挥汗如雨中,她更瘦了。像一片树叶,一边疼痛一边生长。

我不解,问:"你这是何苦呢?以前的工作不是挺好吗?"

"我一直觉得,与死气沉沉的行政单位相比,大城市的私营企业更适合我。嘿嘿,有目标的人生才有意思。只要朝着理想努力,即使身体很疲惫,心里也不会觉得苦。"说这些时,32岁的她,眼神依旧如孩童般清澈,是抽掉尘世繁杂之后的简洁与干净。

那一年,她如愿以偿地拿到了注册会计师资格证。再联系,她已经在北京某策划公司供职。她说,她现在的办公室宽敞明亮,阳光充足。工作间隙,常常坐在藤椅上,一边晒太阳,一边喝卡布奇诺。公司的员工大多是充满活力的80后,跟朝气蓬勃的小伙伴们在一起，身体如同注入了新鲜血液，整个生命都在向上欢腾。

说到开心处，她笑得稀里哗啦。看得出，是真正的开心。

接下来，大家为了生存各自奔忙。距离远了，联系也渐渐少了。又过了三年，突然接到一个陌生来电。长途，南方的区号。孰料，竟是琴打来的。电话那端，她兴冲冲地告诉我，她在厦门结婚了，已经把婚纱照发到我的邮箱里了。

照片上，35岁的她，甚至比25岁时看起来更年轻。她依旧不漂亮，矮矮的，瘦瘦的。她身边的男人却让人眼前一亮。足足有一米八的个头，穿着挺拔的白色西服，迎风站在海滩上，真是帅极了。

男人如同搂着女儿一样拥着她。她偎在他怀里，灿烂地笑，幸福在脸上荡漾。

她告诉我，男人40岁，经济学硕士，在厦门拥有自己的公司，五年前离异，女儿16岁，在美国留学。

他们是在网上认识的。网恋了一年。之后，见面，举行婚礼。一切自然而然，水到渠成。

她问男人："依你的条件，什么样的美女找不上，为何偏偏要娶我？"

男人说："美女很多。但是，拥有注册会计师资格的美女并不多。拥有会计师资格且能做个贤妻良母的女人，我的视野里，只你一个。嫁给我吧。我需要你，咱们的公司也需要你。"

他们上演了当代版的王子爱上灰姑娘的故事。一般女人想也不敢想的结局，在她身上竟实实在在地发生了。

我说："网恋成功率极低，你是幸运的。"

她却嘿嘿一笑，反驳道："不是幸运，而是选择。也许，我跟很多女人理解的选择不同，我的选择是勇于放弃。我一直觉得，只有放弃不想要的，才能得到自己想要的。"

曾经的一切都有了答案。这么些年，琴为了自己的理想一直在放弃，我们却以命运为借口，一直在接受。

原来，我们理解的选择，其实不是选择，而是命运。

每天睡懒觉的你,有什么资格抱怨没有时间

五月,和同事 L 去市里参加职称考试。

一路上,她不停地跟我抱怨,说自己都这把年纪了,每天被家务和孩子拖累得身心俱疲。白天上班已经足够辛苦,晚上还得点灯熬夜看书学习。人生至此,真是要多悲催有多悲催。

我用一记粉拳回应她,"刚三十就一把年纪啦?在你眼里,我这个比你还大几岁的姐姐难道已经成了老太婆?"

她不好意思地笑笑,抱着我的胳膊解释:"姐,你看上去比我还年轻呢。心态好,记性也好,每次考试都能轻而易举地通过。我呢?课本看不懂,习题记不住,不是老是什么?"

我告诉她,事实并不是她感觉到的那样。

真相是,与 L 一样,我的内心也有不满,也有抱怨。有时实在心烦,还会莫明其妙地跟家人发脾气。不同的是,L 喜欢说出来,而我,却习惯于埋在心底。

听我这样说,L 一下子找到了共鸣。接下来,仿佛肚子里藏着无尽苦水,我们彼此成了对方的垃圾桶,早已忽视了车窗外春意盎然的美景。

未料,到了考点,排队进考场时,我却被另一道风景深深吸引了。

我的身后,竟然站着一位阿姨。个子不高,花白头发,脸上丛生的皱纹告诉我,她应该很快就退休了。

"阿姨，你也来考试吗？"我好奇地问，目光泊着掩饰不住的疑惑。

她点点头，笑眯眯地说："是啊，今天都考了四年了，总是差几分。你复习得怎么样？"

"快退休了还考职称啊？能记得住吗？"没办法，L这个人天生的快言快语。

阿姨却不觉得尴尬，慈祥地笑笑，坦诚地说："活到老学到老嘛！尤其是咱们搞医务工作的。随着时代的发展，患者的病情真是越来越复杂，不学习怎么敢看病呢？"

"阿姨，您看书能记得住吗？我看过就忘了。"L的话匣子一打开，拦也拦不住。

"人老了，记性肯定会差一些。不过，书读百遍，其义自见。多看几遍就好了。去年我看了五遍书，两门通过了，剩下的两门考了57分和56分。今年我看了七遍，应该差不多了。"阿姨向后撸了撸头发，一副胸有成竹的样子。

"七遍？"我和L异口同声地惊叹道，"阿姨，您哪来那么多时间啊？"

"白天上班，晚上做家务。休息时，女儿还会把可爱的外孙送过来让我照看。时间是不宽裕。不过，办法总会有的。我看书一般都是在早晨。每天四点起床，学习三小时。然后做早餐，去上班。"

这下，L不吱声了。她看看我，我看看她，两人都低下了头。

与阿姨相比，晚上看电视早晨睡懒觉的我们，还有什么资格抱怨没有时间呢？

进了考场，很多年轻人东张西望，一脸愁容，如坐针毡。

我看了看那个阿姨。她坐在离监考老师最近的第一排，正在专心致志地答卷。目光掠过整个考场，发现她是最安静的，也是最从容的。那一刻，她整个人似被阳光镶了金边，在我眼前焕发出动人的光彩。

用跟命运和解的态度,过随遇而安的生活

49岁时,母亲遭遇了一场突如其来的车祸。虽然保住了性命,四肢却再也无法像从前那样灵活自如。由于颈椎严重受损,母亲只能瘫在床上,不仅吃喝拉撒需要人照顾,甚至,连翻身吐痰这样简单的事,亦无法独自完成。

母亲一生要强,最怕麻烦别人。从小到大,她跟我重复最多的一句话就是自己的事情要自己做。

记得有一次,母亲下楼时不慎摔伤了右臂。父亲嘱咐她好好休息,等他下班回来再做饭。然而,当父亲急急赶回家,却看到母亲正用左手把热气腾腾的饭菜摆到餐桌上。摸着母亲肿得像馒头一样的右手,从不落泪的父亲,顷刻湿了眼睛。他一边疼惜地埋怨母亲,一边纳闷地想:这样复杂的饭菜,她用一只手是怎样做出来的呢?

更让父亲惊讶的是,他换下来的衬衫和裤子,竟也被母亲洗干净了。父亲佯装生气,很严肃地提醒母亲:"如果养不好,后遗症会伴随你一辈子。以后千万别再做了。况且,你都做了,我干什么?"母亲却莞尔一笑,一脸明媚地告诉父亲:"我发觉,人有两只胳膊纯属浪费。其实,一只手臂完全可以应付一切。"

这就是我的母亲,勤劳、善良、乐观、独立。可是,如今的她,只能终日躺在床上,从吃饭、穿衣,到换尿布、擦拭身体,诸事都需要依赖父亲。母亲倔强向上的心,如何受得了呢?

另外，母亲还是舞蹈学校的高级教师。她不仅举止优雅、舞姿曼妙，还写得一手锦绣文章。而如今，一切过往都成了泡影。不能再翩翩起舞，不能再上网冲浪，更不能把自己绵密细腻的心思化成报刊上那一篇篇充满哲理的文章。命运的锤，重重地砸下，将她伤得体无完肤。母亲将如何忘掉曾经的辉煌，与惨不忍睹的自己和解呢？

对母亲的担心，秋叶般，纷纷落。然而，后来我发现，竟是我多虑了。

躺在床上的母亲，像以前一样，依然穿着干净华美的家居服，跟来探望她的每一个人谈笑风生。依然每周做美容，定期请美发师为她更换发型。依然听着禅意芬芳的佛乐，将内心的感悟变成行云流水般的美文。不同的是，父亲成了她的专职秘书，负责将她莲花般的文字，敲到电脑里，然后通过电子邮件发到报社去。她还让我买了MP3，从网上下载有声读物给她听。每隔半个月，都让父亲买一束鲜花放在床头。一个人时，母亲常常将目光投到窗外，看蓝天白云，赏风清月明。她对我说，抬头望天，低头看花，是世间最美好的事。

躺在床上的母亲，也变得不那么倔强了。她心安理得地接受父亲事无巨细的照顾。父亲帮她洗脸时，她说，真舒服啊。父亲帮她洗脚时，虽然她并无知觉，仍然会说真是好极了。早晨穿衣时，她总喜欢让父亲在衣橱里翻来拣去。其实，家里并不是总有人来，况且，她连床都不能下，穿哪件还不是一样呢？她却不。她说，活在世上，无论自身条件与所处环境如何，都要用心享受每一天。她常常穿上那件最喜爱的紫色长裙，幻想自己翩翩起舞的样子。有时，她会梦到自己又回到了舞台上，台下依旧掌声一片。

如今，六年过去，由于各个脏器功能衰竭，母亲还是要离开这个世界了。弥留之际，她安详地注视着我和父亲，脸上没有一点悲伤。她说："天道当循环，生命有始终，这是自然规律。我已享受过生活的美好，爱情的甜蜜，家庭的幸福。今生，我无憾了。"

父亲握住她的手，泪在眼眶里打转。母亲安慰他："这几年，让你没日没夜地照顾我，你也应该没什么遗憾了。放心吧，我们只是暂时的分离，我会在那边一直等你。"

我在母亲身边躺下，轻轻拥抱着她。母亲与我额头相抵，脸贴着脸一下下摩擦着。接着，她用世界上最温柔的声音说："女儿，为我唱一首歌吧。"

"夜深了，屋里静悄悄。亲爱的妈妈呀，伏在桌上睡着了。我给妈妈，披上我的小花袄，亲爱的妈妈呀，梦中正在微微笑……"我轻轻吻着她，哼着这首唱给妈妈的儿歌，看到母亲缓缓地闭上眼睛，安详地睡着了。

母亲走得很恬静，脸上甚至带着淡淡的笑意。母亲是了不起的。她的一生，虽然身体多病，经历坎坷，但却乐观洒脱，对生活充满了无比的热忱。并且，当死亡来临时，她亦能以相同的态度，从容淡定地去迎接。

母亲让我明白，智慧的人，懂得用跟命运和解的态度，过随遇而安的生活。幸福不是找到你爱的和爱你的人，而是成为爱本身。

以后，每逢秋天，粉红的波斯菊都在母亲墓前盛开成一片花海。父亲说，波斯菊的花语是永远幸福，是母亲一生最喜欢的花。

吃一些苦算什么，总比当寄生虫强

大学毕业后，小宁独自来到北京找工作。跑人才市场，递简历。为了省钱，住三个人的合租房。那段时间，身在远离父母的异乡，所有的事都要自己面对，真是吃了不少苦，受了不少罪。

如果肯妥协，随便找个工作先干着，她也不至于困窘到穿地摊货，天天吃泡面的程度。偏偏小宁是倔强的女孩。她觉得，这世间苟且偷生的人太多，她就不必再去凑热闹了。生命只有一次，她要以自己喜欢的方式活着。她相信，即使眼前阴云密布，只要耐心等待与坚持，头顶的天空，终有一天会云开雾散。

于是，一次一次的碰壁，一次一次的坚持。最潦倒的时候，因为连续三个月交不起房租，她被房东赶出来，不得不流落街头。坐在公园冰冷的台阶上，望着悬在空中的半轮弦月，她难过地掉了泪。

她想起离开家时父亲对母亲说的话："让她去吧！不撞南墙不回头。撞了南墙她自然会回来。"

她抹了抹眼泪，问自己，是继续坚持，还是向现实妥协？

冥冥中，她听到有个声音在回答：如果现在妥协了，以前吃的苦受的累，不是全白费了吗？

那个声音是从她的心里发出来的。头顶，星空闪烁，每一颗星星都在调皮地眨眼睛，像是在给她鼓励。她含着泪，啃了一口干面包，对自己说："亲爱的，你是好样的。除了继续走下去，别无选择。加油！"

我认识小宁的时候，她已经是北京一家杂志社的执行主编了。她的杂志，月发行量上百万。她领导的团队，如初升的太阳，个个精明强干。另外，她已出版了七部长篇小说，其中两部上了当当网畅销排行榜。她的书我读过，语言犀利，富含深意，直击当代人的内心，是不可多得的精品。也许因为主人公都是平民，可以与读者产生共鸣，她的粉丝众多，每本新书一出来，签售会都人气爆满。

更让我吃惊的是，有文友告诉我，小宁竟然是千万富翁的独生女。她的父亲是广州有名的地产商，旗下有七八个大公司，经济实力非同一般的雄厚。

说实话，初听这些，我只当是杜撰和传言，并不相信。生活不是电影，那样优越的家庭条件，她何必只身一人跑到北京受罪？即便想体验一下北漂生活，完全可以带上足够的钱出来。很多时候，钱就像杀毒软件的加速球，可以使人事半功倍。总之，我实在无法将那个被房东赶出来坐在台阶上哭泣的女孩与巨富的女儿放到一起。

后来，小宁的杂志社邀我去参加笔会。我们终于相见。

短发，一身休闲运动衣，帆布鞋，不化妆，笑起来有两个小酒窝。她看上去很普通，是大街上随处可见的一个女孩。如果有不同，就是她的眼神。目光确定，清澈而不容置疑。不知为何，我看到她的第一眼，就知道文友的话不是杜撰，而是事实。

小宁的眼睛很毒。她对我的评价是，什么都好，最大的弱点是心软。不管对自己还是对别人，太过不忍心。

她说得对。

这些年，不忍心让我在很多时候委屈了自己。同时，也纵容了别人。

她告诉我，生命是自己的。生命里的一切，要懂得让自己支配。其实，只有你最在乎你的人生。你的人生，在别人那里，如同用过的拖把一样不值一提。所以，要学会爱自己，尊重自己。人生而有限,要尽量活成自己期待的样子。

聊到曾经在北京的狼狈。她笑得稀里哗啦,目光里泊满了欣慰。

她说,非常感谢曾经那个一意孤行的自己。青春无悔。年轻时遭受的每一份苦和累,现在想想,都值得。

她还说,是许巍的《蓝莲花》一直在激励她。最苦的日子,她总是一边咬着牙坚持,一边一遍又一遍地唱着"没有什么能够阻挡,你对自由的向往。天马行空的生涯,你的心了无牵挂。穿过幽暗的岁月,也曾感到彷徨。当你低头的瞬间,才发觉脚下的路……"

此去经年,给大家唱这首歌时,她的眼神依旧亮亮的,对未来充满信心。

"听说你的父亲是大富豪?"我终于忍不住,还是问了她。

她甜甜一笑,说:"父亲是父亲,我是我。他的成功是他的。只有我自己用双手创造的幸福,才是我自己的。从小到大,我一直靠自己。记得当初离开家时,父亲要给我带钱,母亲要给我配备汽车和司机,恨不得把家里的保姆也让我带上。最终,我一样都没要。只带了假期打工赚的3000元钱就出来了。"

有文友在旁边说:"这不是自讨苦吃吗?"

她笑着说:"来世上一遭,不就是体验吗!吃一些苦算什么,总比当寄生虫强啊!何况,别人给的果子只能甜一时,只有靠自己的本事摘到的果子才能甜一生。"

我看着她。一时有些出神。

那一刻,我终于明白她为什么能成功了。

这时,她的手机响了。耳边传来许巍低沉而有力的声音。

结束通话,我由衷地说:"《蓝莲花》真好听。"

她点点头,说:"是啊,这么多年,依旧最喜欢这首歌。手机铃声也一直没换过。"

任你风卷云飞，我自微笑而立

雪飘飘洒洒下了一夜。早晨起来，马路被染成明晃晃的白，在眼前亮亮地铺成河。

我无暇欣赏雪景，匆匆穿上羽绒服，赶到小区门口去等公交车。瑟瑟寒风中，周围的人越来越多。眼看上班要迟到了，有人频频看手表，有人着急地拨手机，怨声载道中，大家急得像热锅上的蚂蚁。

站在我身旁的女孩却很特别。清爽的短发，一袭内敛的黑衣素净地罩在身上。白皙的脸庞下，红围巾松松垮垮缠绕在颈间，似火焰在燃烧。

周遭人头攒动，女孩却安静一隅，似深秋依旧灿烂的野菊花，在嘈杂的背景里轻轻绽放。

车终于来了，大家蜂拥而上。一些人堵在门口，有的谩骂，有的抱怨。女孩却一点不急，慢慢走过来，等其他人都上完了，才像一枚洁白的花瓣，安然稳妥地落下。

车上座无虚席。她一只手扶住把手，另一只手拿出MP3开始听。窗外的雪，再次飘扬起来。她清澈的目光，穿过人群，贪婪地抚摸着大自然的身体。欣喜在脸上汩汩流淌着，似小羊发现了山坡上的青草。

车拐弯时，女孩一个趔趄，整个人几乎伏到我身上。她轻声地道歉，恬静地笑，淡然而绵长。我表示没关系，好奇地问她在听什么歌。

她把耳机递给我，声音素雅而干净："民乐合奏曲，《在时间的河上》。"

我插上耳机，整个人顷刻陷落在一种澎湃的宁静里。清幽的旋律，似时间的手，一下下，划在心上。我闭上眼睛，均匀呼吸，仿佛整个世界的脚步都慢了下来。

一路攀谈。方知女孩只有 23 岁，一年前做了乳腺癌手术，今天到肿瘤医院去复查。本来，为了挂专家号，她清晨五点就起床了。不巧的是，路上遇到一个高中生骑车摔伤。她拦了辆出租车，把他送到了医院。等到打完石膏，孩子的父母赶来，天已大亮了。

敬意油然而生，心里又不禁为她着急："现在，别说专家号，恐怕连普通号也没有了。"

她展颜一笑："没关系，下周再复查也一样。"

我赞叹道："你小小年纪，遇事却始终不急不火。真让人佩服呢！"

女孩说："有一则寓言，叫牵着蜗牛去散步。其实，不是我们牵着蜗牛去散步，而是让蜗牛牵着我们去散步。只有踏着平和的脚步，才能体验大自然的美丽，也才能在时光的缓缓流逝中享受生命里点点滴滴的幸福。"

她的话，使我浮躁的心感到了从未有过的安静。忽然明白，一直以来，我喜欢的自己，正是这个样子。女孩的处世哲学，恰恰是我渴望的生命状态。

分手时，她送我一句话：请放慢你的脚步，享受每一个，属于自己的日子。

好一个"牵着蜗牛去散步"，霎时惊醒梦中人。一直以来，为了追求物欲名利，我们日日奔跑在时间的坐标轴上，慌不择路，踉踉跄跄。殊不知，步履匆匆的背后，我们已经失去了太多太多……

其实，生命最重要的，并非金钱、荣誉、鲜花、掌声。千帆过尽，一切无非过眼云烟。生命有限，在这个日益躁动的世界里，享受每一刻才是最重要的。那么，从今天开始，让心灵牵着蜗牛去散步吧。任风卷云飞，我自微笑而立。人生自守，宠辱不惊。让生命，在从容稳健的行走里，获得喜悦自在，拥有幸福安宁。

看，我多么的幸运

她自生下来便"与众不同"。手脚僵硬，运动不灵活，反应不灵敏。直到两岁时，仍不会说话，亦不会站立。ＣＴ检查后，被确诊为中度脑瘫。

拿到女儿诊断书的那一刻，他一下子懵了。在单位，他是举足轻重的外科医师，点名要他做手术的患者数不胜数。只是，面对女儿的病，他却无能为力。他抱着女儿跑遍了省城各大医院，求遍了中医脑科专家，用尽了各种医疗办法，女儿的病情却始终未有明显改善。

亲朋说，这孩子终生将只是一个废人，她如无底洞般，扔多少钱进去都是徒劳的。大家劝他放弃给女儿治疗，再要一个健康的孩子。就连身为女儿母亲的妻子，亦逐渐失去了起初对女儿的深爱及耐心。

他对妻子说："孩子是我们生下的，我们理应负起做父母的责任。如果我们都要放弃她，这世上她还能依靠谁？她的生命还能有什么希望呢？"

妻子流着泪点了点头。望着没有任何生存能力的女儿，内心的绝望无与伦比。

他从网上看到某脑科专家说，脑瘫患儿越早练习走路，恢复的效果越好。如果可以配合中医针灸，并不是没有接近正常孩子智力的希望。如同绝路逢生，这些话让他感到浑身充满了跃跃欲试的惊喜。

他找了本市最好的针灸师，日日抱着女儿去针灸，风雨无阻。然后，自己又结合网上的资料，制定了一套适合女儿年龄及病情的最佳训练方案，并每日坚持帮女儿逐一完成。对于年幼的女儿来说，他的严格几近残酷。这些让她不可能做到的动作，每天至少要练习五个小时，而且，每个动作都要坚持训练半年左右才会有效果。看着女儿力不从心的样子，他的心似刀割般的痛。但他知道，为了女儿未来的幸福与快乐，无论多累、多难，他和女儿都要坚持下去。

妻子多次向他提出再生一个孩子。为了更好地照顾女儿，更为了断掉自己及妻子再要小孩的念想，他毅然做了输精管结扎术。他在心里暗暗发誓：今生他只要女儿一个孩子，他要尽自己最大的努力，让女儿成为正常的孩子。

这漫长的生命之中，妻子终究未能一直承载下去。女儿三岁时，踌躇再三后，她仍是留下了一纸签好字的离婚协议，远走他乡。

家里只剩下他和女儿，日子便更加孤独与艰难。他向单位申请了不坐班，只有手术时才过去。为了让女儿能够站立，一个蹲下起来的动作竟练习了近万次。女儿的腿不能抬起，他会耐心地蹲下去帮她，亦是不知要重复多少次，却从无厌烦。

他一边帮女儿训练身体的功能，一边教女儿认识一些简单的字。女儿不会说话，更不懂认字。他便做一些卡片，将字写得大大的，贴到相应的实物上，然后让女儿跟着他说、看、认，往往一个字要练习数月方可掌握。女儿的手僵硬，不能弯曲，也无法合拢，他想尽办法让她练习。他在盆子里放入黄豆，让女儿不停地抓拣，这样枯燥的动作，每天亦是重复无数次。

有的朋友问："你这是何苦呢。妻子走了，自己每日被女儿拖累着，这样的日子，漫长得让人绝望，究竟是什么，让你如此坚持呢？"

他笑着答道："我只是感觉累，并未觉得苦。既然命运给了我这样的生活，我只能接受，并尽最大努力过好它。坚持下来的原因只有一个，我爱我的女儿，我不能放弃她，更不能没有她。"

终于，苍天不负有心人。经过五年的努力，女儿终于学会了走路和说话，甚至还可以写出一些歪歪扭扭的铅笔字。这个高大坚强的男人，终于落下了喜极而泣的泪水。

后来，她跟正常孩子一样上了学，并且学习努力，成绩优异。

通过坚持不懈的训练，她身体的大部分功能已与正常人无异，特殊的经历与苦难，亦让她养成了独立坚忍的性格。去年，她以600分的成绩考上了自己心仪的大学。

望着她灿烂的笑容，我问："你觉得生活苦吗？"

她摇头，确定地说："不。我一直记得爸爸那一句话，既然命运给了我这样的生活，我只能接受，并努力过好它。"

"究竟是什么力量，能够让你十年如一日，排除万难一往无前呢？"我又问。

"爸爸跟我说过，只要不放弃，就有希望。坚持不下去时，我一直用它鼓励自己。"似透露了自己莫大的秘密，她的眼中滑过一丝得意的神情。

"你觉得生活不公平吗？"我再问。

她再次摇头，将头倚在父亲的肩上，一脸幸福地说："你看，我是多么的幸运。我有一个世上最棒最好的爸爸，"

阳光下，她与父亲相视而笑。经历如此坎坷，他们的脸上，却看不到一丝忧郁。

第四辑

不去开始的梦想，永远都是幻想

不去开始的梦想，永远都是幻想！生命只有一次，别让犹豫与挣扎浪费时间。去选择你最想做的事，享受追求梦想的快乐吧！别考虑太多，别追求完美。无论经历多少挫折与失败，你都要用一颗从容坚定的心，再次上路，不忘初心。只要不放弃，你想要的，岁月都会给你！

生命不过百年，为何不活得漂亮些呢

师范毕业后，小美回到家乡，被分配到一所小学当教师。恰逢美术老师突然调走，于是，校长让她替补。

这下小美犯愁了。怎么办？她不会画画啊！她最擅长的是语文。师范三年，她已经在期刊上发表了不少作品。

可是，初来乍到，怎么好意思挑肥拣瘦呢？况且，现在老校长正有难处，作为集体中最年轻的一员，她理应帮着分担。于是，小美望着蓝天，似下定了决心，对自己说，不会可以学，加油，你能行！

自此，除了上班，她的业余时间几乎都用在了画画上。一个又一个夜晚，四周万籁俱寂，漆黑一片，只有小美房间的灯通宵明亮着。她画啊画啊，有时困极了，躺在地上就睡着了。母亲见她如此拼命，心疼得直掉眼泪。她却开心地像只舞动的蝶，激动地拥着母亲说："妈，我觉得自己越来越喜欢画画了！"

功夫不负有心人。两年下来，无论素描、工笔，还是油画，小美的画技竟如春天的小草，有了突飞猛进的长势。甚至，在一次全省举办的绘画比赛中，她还荣获了二等奖。

由于教学成绩突出，两年后，她被调到了小城的重点中学。之后，结婚、生子，日子像小河流水，一路欢畅。

只是，没过多久，她就觉察出了自己的不合群。为了提高升学率，同事们每天忙得焦头烂额。她却忙里偷闲，经常带着学生去校外采风、写生。让他们像小鸟一样，在大自然的怀抱里自由飞翔。她的做法，令很多老师不满。他们觉得，学生最关键的是学习，整天画那些花花草草，高考时能加分吗？纯属浪费时间。

校长采纳了众人的意见，不再让她带学生外出画画。渐渐地，她的美术课经常被其他老师占用。看着被课业压得疲惫不堪的学生们，她的心开始痛。那些眼里只有分数的老师，看不到孩子们写在脸上的迷茫和忧伤。

一周没有几节课，工资却一分也不少拿。正当同事们背地里羡慕小美工作悠闲的时候，她却办了停薪留职。

作为老同学，定然要去跟她聊一聊。

她说，可能习惯忙碌了，这种无所事事的日子，她受不了。另外，趁年轻，她想把画画继续深造一下。不进则退。既然喜欢，就应该努力往前走一步。

那时，家里的房贷还没还完，女儿才三岁。不理解的人都说小美自私，为了自己逍遥，连家都不顾了。

她笑笑，并不往心里去。

"生活是一个人的事，我知道自己在做什么。舌头长在别人嘴里，让他们说去吧。"

离开小城时，我和小美老公去车站送她。

男人不舍地说："一个人在外面照顾好自己。有事打电话。"

她与他轻轻拥抱，目光炯炯有神，脸上盛开着无尽憧憬："我有一种预感，咱们的明天一定会更好。照顾好孩子，等我回来。"

接着，她又拉着我的手说："这个工作不适合你，不如趁早跳出来。"

我摇摇头，苦笑一下："你知道的，我这个人，凡事以不变应万变，最缺乏的，就是勇气。"

临别，她又对我说："我喜欢鱼的孤独和勇敢。它总是用尽全身力气跃出海面，宁可被捕捉，不愿被窒息。生命不过百年，既然殊途同归，为何不活得漂亮些呢？"

小美不知道，其实，我什么都懂。但是，对于一个思想传统、缺乏勇气的人来说，懂得再多，依旧等于不懂。

之后，大家各自忙碌。彼此联络不多。我只知道，她去了宋庄画家村，在一家裱画廊打工。

再见小美，已时隔两年。她回家过中秋节，叫我过去吃饭。

她看上去瘦了很多，笑容却依旧灿烂，眉目弯弯，似一朵盛放的牡丹。

我惊讶地问："怎么瘦得像树叶啦？你摸摸，自己身上还有肉吗？"她拉着我坐下来，依旧笑着，忙着给我沏茶。

"你问问她，每天睡几个小时？不瘦才怪呢。唉，我家小美简直就是拼命花木兰。"男人的语气，浸透了心疼。

"没什么。天下没有免费的午餐。不努力，哪来收获呢？"

原来，近一年的时间，小美跟北京一家科技公司合作，一直在承接各种装饰画业务。由于客户要得急，她经常通宵达旦地画。困了，冲一杯咖啡继续。饿了，啃一口面包充饥。就这样，10 个月的收入，不仅还清了房贷，而且，还给乡下的父母把老房子翻盖了。

在家住了不到一星期，小美又去北京了。她说，上有老，下有小，责任在肩。趁年轻，还是要多赚些钱。

又过了一年，我突然接到小美从北京快递过来的请柬。她的个人画展，三天后将在 798 艺术空间隆重举行。请柬上有她的宣传照，瘦瘦的，笑得很开心。旁边，龙飞凤舞地写着几个字：莲之夭夭——当代实力派画家赵小美油画展。

也许，这世上总有一些人，他们活着纯粹是为了给别人励志的。他们让你看到，理想并非不能实现，那个远得不能再远的目标，在人生的某个时刻，突然就来到了面前。

小美回学校的时候，省作协刚刚为她举办了诗集《倒退的时光机》作品研讨会。她的作家与画家的双重身份，令小城蓬荜生辉。

我问："怎么舍得回来了？"

她说："人不能总在外面漂，最终都要落叶归根。嘿嘿，还是家乡安静，可以好好搞创作。另外，我也想家，想学生们了。"

小美开着黑色帕萨特进校门时，校长以为是省里的领导突击检查工作，赶紧跑出来迎接……后来，这个场景一直被当作笑话，茶余饭后在小城里疯传。

小美像个传奇，把小伙伴们惊呆了。大家都说这个女人真是太幸运了。多少人北漂后一事无成，偏偏她不仅成名成家，还赚了大笔的钱回来，老天爷对她太眷顾了。

只有我和她的家人知道，这些幸运的背后隐藏着多少努力和血汗。

世上从来没有无缘无故的成功。可惜，这样的道理，多数人是不明白的。

野心不能成就你，热爱可以

我是在旅途中认识凌姐的。

那个周末，我在旅行社报了名，跟团去野三坡游玩。通知六点出发，我早到了一会儿。上车时，很多座位还空着。可能是起床早的缘故，有的游客在闭目养神，有的萎靡不振地打着哈欠。我在一个靠窗的位置坐下来，望着远处的群山发呆。

大概过了五分钟，车门口突然一阵喧嚣。接着，叽叽喳喳上来七八个人。走在最前面的女人，四十岁左右，梳着长长的马尾辫，穿一身豆绿色的休闲衫，看上去清爽干练。

上车后，她并未落座，而是热情地忙着给其他人安排座位。听说一位老人晕车，赶紧跑到前面，跟坐在司机后面的中年游客商量换座位。一切安排妥当，她擦了擦额头的汗，在大巴车的最后一排坐下来。

一路上，她对一起上车的几个人非常殷勤。一会儿问他们吃不吃东西，喝不喝水。一会儿又给他们讲解沿途的风景。与她相比，那个二十出头的小导游倒显得很悠闲，一直静静地坐在副驾驶上玩手机。

说实话，我想了很久，也猜不出她与那些人究竟是什么关系。同事吧，不太像。亲戚吧，从称呼上看，也不大可能。出于好奇，我主动与坐在前面的那个晕车老人聊了起来。

老人告诉我，他们既非亲戚，也非同事。女人叫张凌，是某保险公司的业务员，一起游玩的八个人都是她的客户。这次野三坡之行，是张凌出钱邀请他们参加的，说是感谢大家对她工作的支持和鼓励。

说实话，我对保险公司的业务员向来没有好感。不喜欢他们的夸大其词，不喜欢他们的滔滔不绝，更无法接受他们的死缠烂打。老人的话，让我兴趣大减。再听到张凌在周围嘘寒问暖的声音，心里竟平添了几分厌恶。

我重新把头扭向窗外。唉！人的目的性太强，还是看风景吧，大自然是最干净的。

到了野三坡，不知是水土不服，还是晚上睡觉着了凉，小肚子突然痛起来。我跟导游说自己不能去玩了，让她带别的游客先去。导游不放心我自己留在车上，正踌躇着，张凌竟自告奋勇地要求留下来陪我。

"不用了，你还要管那些客户呢。"我皱着眉，有些不礼貌地脱口而出。

"没事。他们有导游呢。来，先把药吃了。"

话音未落，她已从包里拿出两瓶药递给我。我一看，竟是泻利停和黄连素。非常对症。

"你真细心。出门还带着药呢。"我感激地望着她。

"跟我出来的有几个老人。备着点，需要时可以应个急。"

我由衷地道了谢。

她一边把手里的保温杯递给我，一边说："谢什么？出门在外，谁都会遇到点难处，互相帮忙是应该的。"

她真的很有办法。下了车不到10分钟，就端了热气腾腾的红糖水回来，还灌了热水袋让我暖肚子。

望着她鼻尖上的汗珠，感觉整个身心都被捂暖了。

之前对她的成见一扫而光。

突然发觉，她跟一般跑保险的业务员不一样。因为，在一起整整两天，我们聊了很多，她却没有说过一句关于买保险的话。

返回的路上，她对车上的人说："遇到了就是缘分，大家留个联系方式吧。"

我想，很多偶遇都是过客。我和她，以后应该不会再有什么交集了。

孰料，不到一星期，我就接到了她的电话。她说单位发了两张电影票，是3D的，让我带儿子去观看。我正要拒绝，她已挂了电话。不一会儿，就风尘仆仆地把票送到了单位，一起带来的，还有一袋子西红柿。说是自家大棚种的，上午刚采摘下来，让大家尝尝鲜。

接着，她给办公室的每个人都发了个又红又大的西红柿。一边发一边笑呵呵地说："我在家已经洗干净了，大家放心吃。"

她的身上似有一种魔力，跟谁都能见面熟。聊了大约半小时，她起身告辞了。

得知她是保险业务员时，同事们都不相信。是啊，哪个跑保险的能像她这样，聊了很久，却只字不提买保险的事呢？大家都说，凌姐绝对是保险行业的奇葩。

渐渐，这朵奇葩，跟我们走得越来越近。逢年过节，她的祝福短信定是第一个发来。平时，隔三岔五过来坐坐，也似乎成了习惯。来的时候，每次都不会空着手。要么带些水果，要么拿一些小礼物。我过生日那天，竟意外地收到她快递来的鲜花。大大的一束百合，非常漂亮。

跟以前一样，每次见面，她从不提买保险的事。只是偶尔在QQ上发个链接过来，打开一看，是公司推出的新险种以及缴费说明。

人们常说，时间会改变一切，再热的茶，最终也会变冷。凌姐却是个例外。交往三年，我没有在她这里买过任何保险。然而，她对我却热情依旧。有时，我甚至觉得，从陌生到熟悉，我们已经成了真正的朋友。

值得一提的是，她没有让我和同事们买过任何险种。然而，当大家想买保险时，或者遇到关于保险方面的问题需要咨询时，都无一例外地想到了她。静水流深。她的每一份热情，最终都成了春天的种子，到了秋天，自有丰厚的收成。

年末，凌姐的业绩全公司第一。加薪、提成、奖金，各种幸运如同一场又一场的春雨，接二连三地落到她身上。

记者采访时，问她成功的秘诀。

她莞尔一笑，答："我没有什么秘诀。如果非要找一个，那就是热情。对生活，对工作，对这个世界，不打折扣的热情。"

原来，很多人最终流于平庸，不是缺乏才干，而是少了对生命的热情。

生命的力量有很多种，热爱也是一种。

当我们满怀热爱的时候，才能感受到自己真正在活着，才能不知疲倦地去追那只幸福的风筝……

独自眠餐独自行

下班回家,在楼下又遇到了咪咪。胖胖的身子,黑白相间的毛色,正闭着眼蜷在摩托车上晒太阳。

这是一只无家可归的流浪猫。我想象着,岁月悠悠,它曾辗转了很多地方,最后选择在这里安营扎寨。几年来,住得倒也踏实,似有了依靠,再也没有离开过。

咪咪适应环境的能力很强。冬天,温暖的楼道成了它的避风港。夏天,茂盛的大树为它遮骄阳。有人逗它时,它会乖巧温顺地迎上来,没有任何防备地与你尽情玩耍。只可惜,平时大家都忙,上班的上班,上学的上学,各自在自己的营生里奔波。尤其是那些喜爱它的孩子们,繁重的课业在头顶压着,日日披星戴月早出晚归,跟它相处的时间真是少之又少。

没人陪伴时,咪咪喜欢自娱自乐。午后,把整个身体舒展在阳光里,想睡到几点就睡到几点。睡饱了,伸出舌头开始舔身上的毛,一下一下,从从容容地。仿佛,它舔的不是毛,而是那颗清澈的心。据说,猫的皮毛被太阳晒过后,会产生大量的维生素D,吃了能补充营养,听后不禁莞尔。看,猫比人更注重养生,更懂得爱自己。

有时,远远地看到咪咪在风中追着一片落叶跑。无论"喵喵"的叫声还是奔跑的姿势,都是那般自在欢快。心倏然被打动了,软软的,像新出炉的蛋糕。我知道,这只小猫是快乐的,也是智慧的。虽然房无半间地无一垄,且大多数时间都是孤单的,然而,它知道寻求幸福应向内而不是向外，懂得自己与自己做伴。

只是，有一些人，却不及一只猫活得明白。

见过这样一个女子。平时不工作，不学习，把给孩子煮三餐都当成负担，却从早到晚盯着自己的老公。闻他衣服上的味道，查他的通话记录和短信，为了玩跟踪，甚至不负责任地把五岁的女儿撂在家里……

有一次，男人午夜未归，她披了衣服出去找。由于家属院已经关了大门，情急之下，她竟勇敢地翻墙而过……结果不慎摔倒在地，导致右脚踝粉碎性骨折。

"你这是何苦呢？在家好好睡觉不行吗？"母亲心疼地嗔怪道。

"没有他，我怎么睡得着？"躺在病床上的她，依旧一脸的幽怨。

原来，生了小孩后，她认为自己不挣钱，一直靠男人养，时间久了，担心男人会变心。日积月累，自卑发展到猜疑，只要男人不在家，她就会控制不住地胡思乱想。他不爱我了吧？如果爱，怎么不回家吃晚饭，非要跟一帮朋友出去吃？他在外面一定有情人了吧？如果不是，为什么回家越来越晚，出差的次数越来越多？还有，他的态度也明显冷淡了。以前，总是鞍前马后围着她转，如今，结婚才六年，他已经很少关注她的喜怒哀乐了。更让她不安的是，有一次，她发烧了，打电话过去，男人竟然平静地让她自己打车去医院，这在以前，是绝对不可能发生的。

一颗心越发不安。于是，她一边搜集男人出轨的证据，一边想方设法搏他的欢心。殊不知，她越是没有尊严地乞求爱，跟老公的距离就越来越远。她所做的一切，对男人而言，如同两只手，一只紧紧扼住喉咙让他喘不过气来，另一只却拼命地把他推到外面的女人身上。酒桌上，男人喝醉了跟朋友诉苦："她像个精神病，每天把我搞得焦头烂额、哭笑不得，有时，真想狠狠抽她两个嘴巴子。唉，这日子简直没法过了。"

结果可想而知，男人后来真的出了轨。又维持了三年，两人的婚姻还是走向了尽头。

情感作家曾子航说，思想深藏不露、行踪飘忽不定、性格琢磨不透的三不女人最吸引人。这样的女人，语言风趣幽默、行为出其不意、对一成不变的事物容易厌倦，经常通过不断学习和创新改善生活品质。她们是自信的，目光始终放在自己身上，绝不会一天到晚拿着放大镜跟踪自己的伴侣。有爱人陪，她们尽享二人世界的欢腾。爱人不在身边，她们安然一隅，自己陪自己。这样的女人，像极了水中的清莲，你看到也好，看不到也罢，我自静静盛放，快乐在自己的美好里。

在新加坡开笔会时，曾与一个叫敏的女子相遇。她看上去很特别。直发，一身素简的衣裙，没有佩带任何首饰。最吸引我的是她的眼神，清澈得像一汪泪。熟识了，知道她出生农村，父母都是地地道道的农民。婚后，城里的婆婆一直看不起她，渐渐，丈夫也受了感染，对她的态度日渐冷漠。这样的待遇，换作一般女人，早就怨气冲天了。她却不愠不怒，每天做完家务，坐在书房里，静静地读书写字。日子一天天过去，几年后，她的作品遍地开花。去北京领奖、到全国各地开笔会、应邀开办文学讲座、接受电视台人物专访……看着她离自己越来越远，丈夫急了，担心失去她，不仅包揽了全部家务，甚至恨不得像公主一样把她供起来。

"爱情最好的保鲜是不断进步。当你成了更好且更值得爱的人，他又怎么舍得离开你呢？另外，对他人的需求越少，活得就越发自如安详。当你把希望放在自己身上，懂得了与自己相处，生命里的每一个日子，都是清风朗月，鸟语花香。"说这些话时，她的脸在明媚的阳光里，整个人透着自信与美好。

每个人都是孤独的。这世间，没有人能够陪你一生。更多时候，我们需要独自眠餐独自行。工作之余，捧一本书、喝一杯茶、看一部电影、计划一次远行，或者写几行喜爱的文字……总之，学会与自己做伴，享受一个人的清欢自足，随缘自在，自在随缘，你的心里就会升起一座桥，那是通向自己的桥。

日落风清,山河寂静

春晓是个急脾气,遇到事情,别人不急她先急,别人急了她更急。对生活,似乎总有一箩筐的不满意,每次见面,都会跟我倒苦水。

我告诉她:"生活就像一面镜子,你怎么对它,它就会怎么对你。首先,你要做个快乐的人,才能遇到快乐的事。"

她却垂着脸,目光黯然地反问:"没有快乐的事,如何做个快乐的人?生活如此千疮百孔,每天一睁眼,各种压力排山倒海般袭来,又怎么笑得出来呢?"

我莞尔一笑,带她去见小雨。

小雨是我一个同学的朋友,以前在政府工作,因为表现出色,被借调到小城的回迁安置办公室。说实话,仅仅那个嘈杂的工作环境已经令人难以忍受了,更何况,开发商与拆迁户之间总有层出不穷的矛盾,作为负责协调的中间人,真不知她该如何去处理和平衡。

认识小雨前,想象她一定是身材高大、目光锐利、语言表达能力很强的女人。见了面,才发现根本不是那么回事。她太瘦了,骨感得仿佛一阵风就能吹倒。身高不足一米六,口才也一般,说话慢慢地,像老唱片里的旧时光。不禁纳闷,如此柔弱的女子,究竟是怎样应付纷繁复杂的日常工作的?后来,跟同学在她的办公室待了一下午,目睹了她与几个拆迁户的沟通交流,才发现,她的力量不在容貌身材,亦不在能言善辩,而在于拥有独特的气场。

比如,不管对方如何愤怒,她却能够始终面带微笑。另外,不论对方说话如何咄咄逼人，她的语速却一直是缓慢的，如同山涧里的溪水，从从容容，不慌不忙。结果是，时间一分一秒过去，那些进门时气势汹汹的人，一个个都被她感染了，不仅激动的情绪得到了平复，临走时，脸上还露出了欣慰的笑容。

"说实话，我也没能力给他们解决什么具体问题。我只希望，与我相处的这一段时间，能让他们心里尽量舒服些。俗话说，紫气东来，人人欢喜。让对方舒服，就是让自己舒服。每个人活在世上都不易，大家应该温柔相待，没必要斤斤计较，凡事非要争个你高我低。"小雨一边说，一边给窗台上的仙客来淋水。花开正盛，红红的一片，如同火焰在燃烧。

春晓痴痴地说："小雨长得真美，像一朵静静开放的睡莲，让人久看不厌。"

这样的话，真不敢相信是从她的嘴里说出来的。跟小雨相处了两小时，发现春晓不仅语速放慢了，眼神也渐渐蓄起了喜悦。离开时，她拉着小雨的手，目光漾满了感激，"谢谢你，让我明白活着不必那么急。天塌不下来，遇事给别人些余地，其实，就是给自己余地。"

在网上曾看到过这样一段话：心决定性叫心性，性决定命叫性命，命决定运叫命运，运决定气叫运气，气决定色叫气色，色决定相叫相貌。所以，有专家认为，女人的相貌并非全部是天生的。有气场的女人，经过岁月的洗礼，甚至会越来越好看。比如海迪。电视上的她，50岁比30岁时更加时尚优雅，更加淡定美丽。

有气场的女人是智慧的，她们懂得用自信和乐观降低内心的不安全感和恐惧。

气场也是一个人的气度。气度决定高度，提升气场，是改变一个人命运的开始。

气场一部分是天生的，一部分是后天培养的。气场，就是修心。滚滚红尘，用一颗安稳喜乐、平静祥和的心，守着自己的天空，看日落风清，山河寂静。

控制了时间，就成就了人生

晚饭后，打开电脑。刚登录 QQ，编辑 Y 的头像就迫不及待地跳了出来：姐姐，稿子写完了吗？今天下班前能给我吗？

不禁一怔。她是 20 号跟我约的亲情稿呀。当时说好了月底交，怎么现在就催上了？难道……我赶紧把鼠标点到屏幕右下角。不会吧，日期栏显示的，分明已经是 30 号了！天，日子怎么过得这么快呀！难不成踩上了哪吒的风火轮？做人最讲究的是诚信。答应的事一定要做到。没办法，一篇 3500 字的稿子，看来今晚只能熬夜完成了。

别以为这样的事只是偶然发生。如果我告诉你，每个月我都被责任编辑多次催稿。有时，甚至从月头催到月尾，你信吗？那次，跟读者聊天。对方问：你的稿子每一篇都非常感人，怎么写出来的呀？我想都没想，"嗖嗖"打上去一行字：编辑催出来的。人家以为我在开玩笑，迅速发过来一个坏笑的表情。殊不知，我并无半点调侃的意思。事实上，如果没有编辑不厌其烦地催稿，我的写作生涯早就结束了，哪有如今近百万的见刊文字？

那天下午，一个编辑 MM 在几次催稿后，看我仍然没有交作业的动静，终于忍无可忍，直接打来电话质问："亲爱的，如果不是因为你的文字好，稿子容易过终审，像你这样的拖延症作者，我早就拉入黑名单了！"

彼时，我正坐在电脑前，一边吃着火龙果一边在淘宝上悠闲地

"溜达"。她的话，像活塞一样噎住了我。长长的静默，风吹叶落。望着早已打开却只字未写的空白文档，一颗心像泄了气的皮球，颓然地瘪下去。

人家批评的对。与那些勤奋的作者相比，我真的是太能拖了。每天打开电脑，要么登录 QQ，要么刷微博浏览空间阅读新闻，这些都弄完了，还要去淘宝逛一会儿。总之，没有一次是坐在电脑前马上开始写字的。而且，多数时候，这边写着字，那边还挂着 QQ。有人跳出来说话，还会跑过去聊几句。就这样，时间如同头顶的白云，总是在不经意间就悄悄流走了。有时，直到该睡觉了，才发现稿子只写了个开头。

仔细一想，不光是写作，其他方面我也有拖延的毛病。比如锻炼身体，每逢身体提出抗议，警示自己应该走出书房去大自然中活动一下筋骨时，我总是信誓旦旦地在微博上写道：从明天开始，晚上快走一小时，早晨上班前跳绳 40 分钟。可笑的是，天知道这条微博是写给谁去执行的。总之，这个明天最终变成了无限期。常常是，岁月流转，四季轮回，我的计划却依旧原地踏步。唉，拖延真是害死人。既折磨了自己，又连累了别人。

我正暗自忏悔，不知如何回答。电话那端，可爱的编辑已经苦口婆心地给我讲起了故事。

她告诉我，有一种叫海獭的海洋动物，每次潜水的时间只能坚持四分钟。也就是说，从潜到 50 米以下的海底，到捕到猎物后冲出海面，整个过程只能控制在四分钟之内。如果超过这个时间，就会溺死在海里。所以，对海獭而言，时间就是生命。每一次捕猎，不仅分秒必争，还要拼上整个生命。否则，不是被淹死，就是被饿死。然而，千百年来，海獭就是依靠这短短的四分钟，一代一代顽强地生存了下来……

"与海獭相比，我们的时间又何止千百个四分钟呢？之所以把光阴都荒废掉了，就是因为懈怠和拖延。如果凡事都能给自己设定一个期限，结果肯定会不同吧！"末了，编辑语重心长地说。

给自己设定一个期限。耳边突然响起一个文友的话："其实，在写作方面我没多少天赋，也没什么特别的窍门。我只是一直在逼自己。"因这份逼迫，她在两年内出版了六本书，在杂志上亦是遍地开花。聊天时，她把春游的照片发给我，光洁的脸上，写满了自信。

我决定改变自己。既然设定期限能够更好地发挥潜能，何不给自己一次机会试一试？

自此，我不再把未来交给明天，而是一切从现在做起。准备锻炼身体，立马换好运动鞋下楼去。写作时，我要求自己不挂QQ，不淘宝，不浏览网页，而是打开Word文档，从第一个字开始，逐行写下去。有时，干脆关掉网络，直到完成当天的写作任务才可以打开。

这样坚持了一个月，写作效率明显提高了。QQ离线发稿子过去，那些催稿催得头疼的编辑开心极了，此起彼伏发来拥抱、跳舞的表情。看，这样多好。我不过是端正了一下写作态度，已然换来皆大欢喜。

当然，战胜拖延不可能如同往嘴里塞吃的那样容易。懒散与懈怠无时无刻不在侵袭着我脆弱的神经。只是，想开小差时，我总是提醒自己，对一个书写者而言，坐在电脑前，没有比写作更重要的事。一念之转，当正能量战胜了负能量，嘿嘿，一篇稿子很快就完成了。

前段时间，某文化公司找我约书稿。两个月的时间，13万字。这在以前，我根本不敢答应。然而，当时我想也没想，欣欣然签了合同。因为，通过前一段实践，我发现，只要给事情设定一个期限，心无旁骛去努力，无论时间如何紧张，生活如何繁杂，都可以凭借挖出的潜力顺利完成。

现在，我已经在写第六本书。

有人不解，白天上班，回家还要做家务，那么多的文字，你如何完成？

嘿嘿，我的日子跟大家是一样的。唯一不同的，只是比别人早起几小时。

每天凌晨四点起床。写到七点。完成2000字。七点半吃早餐，八点去上班。这就是我的生活。

其实，任何成功都没有秘密。当你控制了自己的时间，也就成就了自己的人生。

把时光用在重要的事情上

X 说,她有考试强迫症。参加工作二十年,似乎一直在考试,总是停不下来。

她在医院工作。初始学历是中专。一上班,就参加了成人高考。三年后,拿到了函授大专毕业证。接下来,又报了本科。几年后,又考了研究生。

她的专业是临床医学检验。上班后,她才发觉,作为一名医务工作者,拥有一门专业是远远不够的。于是,她又参加了自学考试。每日通宵达旦,几乎把所有的业余时间都用在了看书上。功夫不负有心人。四年后,拿到中医大专毕业证的 X,终于拥有了报考执业医师的资格。

35 岁时,X 突发奇想,又报了执业药师资格考试。同事劝她:"别考了。看看,头发都考白了。"她耸耸肩,有些无奈地说:"对我而言,考试已经成了生存状态。一年不参加考试,心里就感觉空落落的,好像日子虚度了一样。"

如今,40 岁的 X,早已从单位辞了职,开办了自己的诊所和药店。找她看病的人很多。大家都说,X 知识渊博,手到病除。与医院相比,真是既方便,又省钱。

前几天去北京开会,在首都图书馆遇到她。闲聊中,得知她是来中科院研修心理学的。她说,一名真正的医生,不仅要给患者治疗身体上的疾病，还应帮他们学会养心。她手里提着沉甸甸的心理学教材，信心满满地对我说："两年后毕了业，我就可以考心理咨询师了。那个时候，我的病人就有福喽。"

考试这样煎熬的事，竟被X一路欢歌地坚持了下来。不得不说，她跟一般的女人是不一样的。

另外，文友M有写字癖。每天窝在书房，至少完成2000字。三天不写字，就像丢了魂，连吃饭都少了滋味。

参加笔会时，我连拿笔记本的念头都没有。旅行时，我喜欢轻装上阵。沉甸甸的笔记本，别说让我带着，想想都头疼。

M却不。她的三星笔记本，几乎从不离身。即使在爬山时，也要放在登山包里不辞辛苦地背着。

"你背着它干吗？不嫌累啊！"我不解地问。

"嘿嘿，习惯了。笔记本在身边，可以随时写字。心里踏实。"她嘿嘿一笑，连嘴角的酒窝都漾着快乐。

开会的间隙，大家三五成群聚在一起闲聊。M却静坐一隅，在笔记本上噼里啪啦地敲打着。

"这么短的时间，如此嘈杂的环境，能写出什么呢？"我的语气，明显有些不以为然。

她莞尔一笑，答："写一篇专栏稿。只要800字。刚才开会时正好来了灵感。"

M让我想到了作家王安忆。她几乎每天都在写作，写了长的写短的，写了小说写散文。她把每天写东西当成一种训练。如果不写，就会觉得手生。她在家里写，在会议期间写，在乘坐的飞机上写。对一般旅客来说，在飞机那么一个悬空的地方，那么一个狭小的空间，能翻翻报看看书就已经不错了，可王安忆在天上飞时竟然也能写东西，足见她把时间的缰绳抓得有多么紧，足见她对写作有多么痴迷。

有人问她写作的秘诀。她说:"我写作的秘诀只有一个,就是坐下来,写下去。一次又一次坐下来,一次接一次写下去。长此以往,作品就出来了。"

M 也是如此。几年来,凭着满腔热情地写,坚持不懈地写,近乎强迫症地写,现在,她已经出版了八本书。并且,有两篇小说登上了全国年度小说排行榜。

那天,半夜赶完一家杂志的约稿,突然想起有个编辑找她有事。于是,在 QQ 上留言给她。孰料,只一秒钟,她的头像就跳了出来。

"这么晚还没睡?"我问。

"写书稿呢。嘿嘿,你不是也没睡吗!"

"你不会是天天熬夜吧?对身体不好。"

"时不我待啊!我总担心自己会突然老去。老了就写不动了。趁年轻,能多写就多写点。"

M 的话,让我想到了同学 J。她特别喜欢旅行。不到 40 岁,已经把全国走遍了。

J 在中学教语文。每年寒暑假,都是她固定的旅行时间。出行的交通工具,有时飞机,有时火车,有时自驾。去年,她突然迷上了骑行。花了数千元买了辆美利达山地自行车,每逢周末,都要去小城周围跑上几十里。

J 对旅行仿佛也有强迫症。大家都是单位家里没事了出去休闲一下。她却不。对她而言,除非父母或者儿子生病了,其他任何事都无法阻挡她出行的脚步。

有一次暑假,教学任务紧,学校让老师们利用假期补课。L 想都没想,就果断拒绝了。她对校长说:"对不起,我要去凤凰旅行。两个月前就计划好了。"在校长眼里,这个理由太不充分,遂以扣除全勤奖相要挟。孰料,L 潇洒地冲校长挥了挥手,说了声"请便",头也没回就离开了。

再比如，亲戚来访、同学聚会、爱人有事需要她陪同，等等，当这些事情与她计划中的旅行发生冲突时，全部都得向后靠。

问她为何如此执着。她一向淡定的眼神突然飘过一丝惶恐不安，"每个人都会老。而且，很多时候，人是突然老去的。趁年轻，走得动，我一定要多走几个地方。以免徒留遗憾啊！"

突然发现，很多人不努力、不快乐，都是因为忘记了自己终究会老去这件事。他们以为，人生有无限的岁月可以虚度，生命有大把的光阴可以挥霍。殊不知，当你在浪费时间的时候，生命已经被浪费了。

如果你知道自己会老，你会剔除掉生命中不重要的部分，把时光用在更重要的事情上。如此，你会活得更清醒、更清绝、更快乐。

其实，每一个人都是不自由的。也就是说，世上的每一种劳动都带有不同程度的强制性。不同的是，大多数人的强制来自外部。而那些知道自己会老的人，他们的强制来自内部，是自己强制自己。

如果你知道自己会老，甚至会死，所剩不多的余生，是不是会换一种活法呢？

不是坚强，而是不敢辜负

那一年，叶的人生如同坏掉的马路，一点也不平坦。

先是丈夫的情人挺着大肚子逼婚。东窗事发，男人再也瞒不住，只好跟她提出离婚。

她待人一向宽容。结婚15年，从未跟任何人争过什么。这一次，也一样。叶不哭不闹，甚至连一句抱怨的话都没说。

"说了有何用？生气时说出的话，除了伤害还是伤害。不管现在如何，我们毕竟曾经恩爱过。事已至此，还是好聚好散，沉默是最合适的选择。"

就这样，她平静地在离婚协议上签了字。甚至，拿着离婚证从民政局出来时，她还微笑着对男人说了句"祝你幸福"。

叶并非矫情，她的祝福是由衷的。她真的希望他过得好。因为，即使情缘散尽，他永远都是女儿唯一的爸爸。

自此，原来的一家三口变作她和女儿两个人。女儿很懂事，正在上初三。虽然功课紧，每天依旧早早起床，帮她熬小米粥调养脾胃。出门前，一定要看着她趁热喝下去才安心。

放学回来，女儿跟在她身后，像个小尾巴，讲学校发生的趣事给她听。她知道，女儿是怕她孤单寂寞。周末，她不再跟同学出去玩，甚至，牺牲了看书的时间来陪她说话。女儿一笑，世界上所有的花都开了。母女俩之间，流淌着阳光的河。

人生至此，夫复何求？有女儿这件小棉袄暖着，她知足了。

工作之余，她重新布置了房间。在阳台上种满了各式花草，又在客厅摆了大大的鱼缸，买了好看的观赏鱼放进去。每天回到家，第一件事就是打开电脑，一边做饭，一边放一些悠扬的筝曲给自己听。

山重水复，世事沧桑，她的心里依旧淌着一条幸福的溪。

闲聊时，我问："你真的一点都不恨他？"

她莞尔一笑，答："他走了，我总不能把自己也丢了吧。生活总要继续。只要心里种一朵莲花，我与女儿的天空，依旧可以花好月圆。"

如果能一直这样该多好。日光长长的，她与女儿相聚的每一刻，都浸着香泡着甜。

然而，生活的变故，常常令人猝不及防。

叶的女儿上高三那年，突然遭遇了车祸。司机逃逸，孩子在送往医院的路上就不行了。

顷刻一声锣鼓歇，所有的音乐戛然而止。这一次，她的天，彻底地黑了。

这世上，还有比中年丧子更痛苦的事吗？没有了，真的没有了。这样的离别，无异于活生生地用刀割母亲的心啊！

对叶而言，尤其如此。离婚后，女儿是她的天，是她的地，是她全部的精神支柱。现在，命运的风把小棉袄刮跑了。瑟瑟发抖的她，如何取暖，才能挨过这季人生严寒？

作为老同学，出事后，一连几天我都不敢去看她。我知道，在真正的痛苦面前，任何语言都是苍白无力的。能让伤口结痂的，只有时间。很多时候，光阴里的疼痛与孤寂，只能独自承担和走过。

第八天，我买了叶最爱吃的火龙果去看她。

到了门口，我实在不敢想象她一个人的家会是什么样子。经受如此大的打击后，她又会是什么样子。

然而，事实证明我错了。

她还是以前的样子。除了脸色有些苍白,其他都没有改变。

头发跟往常一样,依旧整齐地在脑后盘成髻。斜刘海儿清清爽爽的,一看就知道刚刚洗过。米色的家居服干净整洁,甚至,连脚上的拖鞋都纯白如雪。让我意外的是,打开门,四目相对,她竟然是微笑的。

本来,一路上,我的心不停地下着雨。现在,因了她的笑,竟有一抹明媚照进来,顷刻亮堂了许多。

未料,更吃惊的还在后面。看到我,她说的第一句话竟然是:"你来得正好,快跟我来,我养的水仙今天开花了。"

她兴致勃勃地带着我到了阳台上,阵阵清香扑面而来。目光所及之处,白色的水仙,一朵一朵,开成一片。

"雪儿最喜欢水仙了。每年开花的时候,她都在阳台上跳啊唱啊,开心得像只小喜鹊。"

心倏地疼起来。赶紧握住她的手,良久,竟突兀地问了句:"你没事吧?"

她摇摇头,说,"我没事。生命如此脆弱,能活着,就是幸运的。"

"你真坚强。"不知为何,我竟说了这么一句。

她抬起头,望着女儿挂在墙上的照片,眼里蓄起点点晶莹……

"不是坚强,而是不敢辜负。你瞧,她一直在看着我,一直这么灿烂地笑着。只有我好好的,女儿才能安心。我不能让她失望。"

母爱至此,真是令人动容。是啊,生命不仅仅是自己的,它还属于深爱它的人。

昨天越来越多,明天越来越少。人生在世,不论何时何境,我们都要好好活着。切莫辜负了爱,辜负了一去不复返的时光。

放下过往，甩掉忧伤

娟是我的手帕之交。她的人生，如同走在山路上一样崎岖不平。四岁时，母亲因病去世。五岁时，父亲再婚。七岁时，她被继母从家中撵出来，从此，只能与年迈的奶奶相依为命。奶奶很疼她，拿出毕生积蓄供她读书。然而，一向成绩优秀的她，却因高考时持续高烧而与朝思暮想的大学失之交臂。更不幸的是，当她准备复读时，奶奶却因中风瘫在了床上。为了照顾奶奶，她只好放弃高考，四处打些零工维持生计。

这样的命运，任凭是谁，都有足够的理由不快乐。然而，每次相见，娟却从未跟我抱怨过生活的不如意。相反，她始终能从一地鸡毛的琐碎中发现并享受到各种各样的美好和幸福。她经常开心地告诉我：奶奶的手会动了，窗前的月季结了花骨朵，家里的小猫要当妈妈了，邻居家的小女孩好看得像瓷娃娃。还有，下雪了、天晴了、草绿了、花开了、出太阳了、月亮圆了……说这些时，她含笑的眼，仿佛装着整个春天，装满了花红柳绿。

整整三年，娟活得劳累而忙碌，像极了一只旋转不停的陀螺。奶奶摸着她清瘦的脸，心疼得老泪纵横。她却从未喊过苦。洗衣时唱着歌，做饭时哼着曲，为奶奶擦身时，还会模仿郭德纲说相声呢。每天，娟的欢声笑语，似潺潺流水，淌满小屋的每个角落。在娟的精心照料下，奶奶一天天好起来。她逢人便说："娟是俺的开心果。

只要有她在，再苦的日子，都能过得比大白兔奶糖还甜蜜。"

那天，娟兴高采烈地打来电话，说奶奶可以下地走动了。另外，她又参加了高考，并被首都师范大学英语系录取了。惊讶之余，内心不禁肃然起敬。我实在无法想象，她如何能在既上班又照顾奶奶的情况下，把功课复习得如此风生水起？

娟一向乐观自信，对当下的生活，她从未抱怨嫌弃过。命运伸出手时，不论好坏，她都能张开双臂，坦然迎接。并且，在内心深处，她一直拥有自己的理想和目标，无论人生境遇如何，她始终都在循着心灵的方向前进。她说，许多事情，如果不能改变，那么就接受吧。正如塞翁失马，焉知非福，不到最后，你永远不知道正在发生的事将会带给你怎样的人生经验。

如今，娟供职于北京一家外文出版社，从事自己喜爱的翻译工作。丈夫是大学教授，两人琴瑟和谐、恩爱有加。女儿上初一，成绩虽不是特别优秀，在娟的耳濡目染下，却是班里最快乐的孩子。结婚后，娟把奶奶接来同住，一家人在一起，风轻轻，天蓝蓝，岁月安详。

娟告诉我，每天她起床后的第一件事，就是对镜中的自己说：你是被上帝恩宠的宝贝，今天你一定要安好、幸福、快乐。她还说，快乐如同养了很久的小动物，只要你常常想到它，就能获得它的爱。因为，任何时候，快乐都不会远离靠近它的人。

娟的话，让我想起一个四岁的小女孩。那天，我问她："宝贝，你觉得快乐吗？"女孩重重地点着头，眼睛笑得弯弯的，似一汪清澈的波。我又好奇地问："告诉阿姨，你为什么快乐？"我以为，她会说今天收到了喜爱的礼物，或者在幼儿园被老师表扬了。谁知，女孩想了一会儿，竟摇摇头，丢下一句："不知道，反正我就是很快乐。"然后蹦蹦跳跳地跑开了。

女孩的话，令我顿生醍醐之感。是啊，快乐不过是一种短暂的情绪反应，我们为何一定要给它找个庞大的理由呢？为什么，我们总是要反复提醒自己，事业成功了才快乐，收获爱情了才快乐，成绩优秀了才快乐，孩子考上名牌大学才快乐，加薪了才快乐，住别墅开宝马才快乐？殊不知，正是这些形形色色的附加条件，拉远了我们与快乐的距离，使它如同写在水上的字，看不见，摸不着，在我们的生活中，再也无处觅踪影？

保罗·费里尼说，真正的快乐，是无条件的。何谓无条件的快乐？请观察一下风中的树木吧。无论春夏秋冬，它总能同时呈现出坚强和臣服两种特质。它告诉我们，生命原本是一支悠扬的舞曲，每一刹那的好坏并不重要，伸或者屈，不过是连续地运转而已。

既然如此，我们何不放下过往，甩掉忧伤，接受命运给予的一切，让自己像风中的树木那样，以轻盈快乐的姿势，旋转出从容优美的舞步呢？

最慢的是活着

那一年，单位组织去旅游。五台山，乔家大院，云冈石窟，三个景点，出行三天。

五台山是佛教圣地，五峰环抱，直耸云霄，峰顶如台似垒，故曰五台。山上六月飞雪，夏无炎暑，故又名清凉山。海拔3000米，避暑胜地。

对五台山是心仪已久的。自己虽不信佛，却深喜佛的清净恬然，常会找一些佛乐来听，让在尘世里浮躁的心慢慢走向宁静。

买了新的旅游鞋，只想痛快淋漓地爬一次山。又买了一副深蓝色太阳镜，准备抵御山上如火的骄阳。把数码相机充足电。简单准备了些吃的及洗漱用具。万事俱备，只等明早5点出发。

晚上，妹妹和妹夫过来。屋子有些闷热，我拖了地，然后大家坐下来一起吃饭。三个人断断续续地谈着明日出行之事。这时，电话铃声急促地响了起来。回来时，我把手机放在了卧室，这时，又听到了马上要没电的警铃声，于是什么也没想，匆匆跑过去接。

由于刚刚拖过的地湿湿的，而我匆忙间光着的脚又忘了穿拖鞋。于是，不该发生的事发生了。快到卧室门口时，只感到脚底一滑，"啪叽"一声摔了个人仰马翻。

想试着自己爬起来，感觉左膝很痛，胃里有些恶心，头也阵阵眩晕着。

妹妹和妹夫闻声跑进来，慢慢地扶我躺下。

妹妹摸着我的左膝说："姐，越肿越高了。还有瘀血。"

我勉强笑了一下，对她说："没事。我先躺一会儿，然后下地走走，只要能走，就没有骨折。我估计是肌肉拉伤。"

他们又过去吃饭。妹妹不放心我一个人，又给老公打了电话。本来在单位值班的他不到 20 分钟就打车赶了回来。他扶我下了床，让我慢慢走几下，腿放直还可以，弯曲时很痛，但还是可以行走的。

老公对我说："看来没有骨折。但明天的旅行肯定是去不成了。腿受伤了不能太劳累。况且上下山腿都需弯曲的。"

看着自己准备好的行李，心中一阵失望与悲伤。唉，真不明白，自己为什么就不能慢慢地走过去，从容地接那个电话呢？30 多岁的人，怎么还像小孩子一样莽撞呢？

如果我慢慢走过去，电话也可以接上。即使没了电，充上电后，对方仍会继续打过来。况且即使对方不打了，这个电话我没能接上，那又能怎样呢？天不会因此塌下来，地也不会因此陷下去。对方会好好的，而我也会好好的。

老公打电话给单位领导，说了我的情况。领导让老公把电话给我，说了一些安慰的话，又问了我摔得严重程度，听说我没有骨折，在屋子里尚能走动，便不好意思地说："那你明天在单位上一天班吧，明天还有下乡的任务，本来打算去别的医院请一个人的。可以吗？明天我派车去接你。"

我说："我可以的。不用车来接。老公送我去单位就行。"领导又说了一些好好保养的话，挂了线。

还好我的工作在大多情况下是坐着，力所能及，亦急人所急吧。

老公拿出按摩乳给我轻轻按摩，一边心疼地说："唉！怎么这么不小心呢。"

腿部阵阵疼痛，心里说不清是什么滋味。

第二天，大部分同事都走了，只剩下四五个人值班。上午病人不少，护士小张看我不方便，过来帮我采血。下午几乎没有病人，坐在科室听了一会儿歌。是周传雄的《快乐练习曲》，而后读了几页《红楼梦》。

"春梦随云散，飞花逐水流。寄言众儿女，何必觅闲愁。"

"喜荣华正好，恨无常又到。眼睁睁，把万事全抛。荡悠悠，把芳魂消耗。须要退步抽身早。"

"厚地高天，堪叹古今情不尽。痴男怨女，可怜风月债难偿。"

"春恨秋悲皆自惹，花容月貌为谁妍。"

这些句子，不知读了多少遍，仍是百看不厌。始终非常喜欢。

望着窗外的辽阔蓝天，想对自己，以及所有的朋友说一句：最慢的是活着。生命旅途中，一定要让走路的节奏慢下来。以一颗从容的出离心，面对烟火流转、风云变幻。

五台山，以后自己一定会去的。

幸福其实是一种满足感

她是收垃圾的清洁工。好多次,在上班路上,我远远地看到她双手握着铁锹,正一下一下,把路边的垃圾吃力地铲到车上去。

北方的寒冬,滴水成冰。她戴着帽子围巾,嘴里哈着一团又一团的热气。围巾很老土,可能是洗的次数太多,颜色明显有些旧。让我感到意外的是,那张迎着风的脸竟然出乎意料的阳光明媚。虽然岁月把它刻得皱巴巴,但她却总是笑眯眯的,像一朵开得正盛的菊。

电动垃圾车应该是新配的,翠绿色,中间夹了明黄色条纹,很漂亮。最吸引我的是正在播放的音乐,竟是著名的筝曲《花好月圆》。甜美的声音,似清澈的泉水,叮叮咚咚,在我心里,蜿蜒成一条快乐的溪。

后来,我渐渐发现,她似乎对《花好月圆》特别情有独钟。因为,每次路过,车子播放的总是这一首乐曲,从未更换。

那个周末,我走路去图书馆看书。路上,又与她相遇。

晨光暖暖的,在她身上撒了一层薄薄的金粉。我看到,她换了一身衣服。黑色的棉袄,大红的围巾,头上的帽子像是刚织的,挺簇新。

她看上去很开心,一边清理堆成小山的垃圾,一边跟着乐曲唱歌。看我走过来,赶紧把举起一半的铁锹放下,站在那里,耐心地等着我过去。

她是担心扬起的垃圾被风刮到我的身上。如此的细心与尊重，令我感动。我想，肯替他人着想的人，一定是心地善良的人。这样的人，即使在社会的底层，依旧值得世人仰视。

我们相视而笑。她的笑很干净，一如正露着的洁白牙齿。

那一刻，突然想和她聊聊天。这世间，总有一些人，让你莫名地想靠近。这种接近，没有任何目的。因为心生好感，你只想跟她静静地待一会儿，即使不说话，一起坐在那里晒晒太阳也是好的。

"你喜欢古筝？童丽的这首《花好月圆》很好听。"我走到她身边，停下来。

她看着我，双手拄着铁锹，一脸幸福地说："是女儿帮我从网上下载的。她喜欢，我也喜欢。"

说起女儿，她的眼睛像被火柴点燃了，顷刻亮了很多。整张脸雀跃着，像踩着风的云朵。

闲聊中，得知她以前在小城的玻璃厂工作，1999年下了岗，现在是环卫处临时聘用的清洁工。她的任务是保持三条街干净整洁，并把垃圾点的垃圾运送到处理站。按规定，每天早晨七点半以前须将负责的街道打扫干净。由于工作量大，她一般都是凌晨四点起床去街道上清扫。每天工作大约10小时，每月工资800元。

目光落到她皲裂的手上，一颗心不禁黯然。这么少的工资，物价又一直在上涨，日子该怎么过呀？

像是看出了我的心事，她笑了笑，说："我家老头子也有工作。他在畜牧局看大门。再加上打扫卫生，以及卖废品的收入，每个月能挣2000元呢。"

也许在我脸上没有看到期待中的表情，她又接着说："还有我女儿。她特别懂事。去年高考考了600分。现在，她一边上大学，一边给学生做外语家教。除了生活，自己还能攒点钱交学杂费呢。"

我终于羡慕地说："真是一个好孩子。"

"哎呀，糟了！"她突然拍拍脑门，着急地说，"大妹子，我不能跟你聊了。今天女儿放假回来。我得赶紧干完活，11点去火车站接她。"

我看了看表，已经10点多了。就告诉她："前面不远就是我工作的地方。着急的话，可以先去接孩子，把垃圾车放到我的单位。"

她爽快地笑着，拍拍我的肩膀说："大妹子，把车放在你的单位，我怎么去接女儿呢？"

"啊？你要开着垃圾车去火车站啊！"我惊讶地张大了嘴。

"对啊！昨天晚上，老头子把车擦干净了。看，今天我把过年的衣服都穿上了。嘿嘿，都半年没见到女儿了，还真想呢。"

跟我道了别，她拿起铁锹，又开始工作了。跟刚才一样，一边铲垃圾，一边唱好听的《花好月圆》。

她的背影很轻盈，一点看不出生活的不易与沉重。

走了几步，我停下来，情不自禁地问："大姐，你觉得幸福吗？"

她望着我，点了点头，目光确定地说："当然幸福了。生活有吃有穿，一家三口平平安安的，日子多好啊！"

眼里顷刻蓄起星星点点的晶莹。突然发现，幸福其实是很主观的东西。与名利无关，与金钱地位无关，心态好一点，生活标准低一点，就容易幸福。

也就是说，通往幸福最大的障碍就是对幸福苛求太多。其实，只要你觉得自己幸福，你就是幸福的。

告别错的，才能遇到对的

大学毕业后，婷回到家乡，当了几年村干部。

当村干部只是跳板。她的目的是考公务员。在婷眼中，公务员像个闪闪的光环，指引着她前进的方向。

乡镇工作不忙，考勤抓得也不紧。尤其是午休，可以一直睡到自然醒。不过，由于婷是新来的，有了脏活累活，自然非她莫属。

初来乍到，婷手勤腿快，分内分外的工作都抢着干。她觉得，自己年轻，多干点是应该的。然而，她不知道，凡事就怕习惯。习惯成自然，到了最后，连那些不应该的也变成了应该的。

两年过去，婷成了单位里唯一的陀螺。常常是，别人在办公室闲聊天打游戏，她面前的工作却堆成了山。

最让她受不了的是，有一天单位的厕所堵了，科长竟然让她一个女孩子去疏通。

那天，婷在厕所里一边干活一边流泪。整整两个小时，没有一个人来帮她。

她实在不明白，平时，她帮同事干了那么多，现在自己需要帮助了，为何没有一个人伸出援手呢？

婷越发想离开这个单位了。无论从事业发展方面，还是人际关系方面，这种人浮于事的地方，都不适合她。

只是，如何才能离开呢？之前，她已经参加了两次公务员考试，却都在面试那一关被卡了下来。

坐在书桌前,婷看到窗外有小鸟在快乐地飞,心中不禁黯然,生而为人,竟然不如一只鸟活得自在,真是可悲。

她想起毕业时大家在一起谈论各自理想时的情景。有的说,想当企业家、女强人。有的说,想当孩子王,做个中学老师。婷记得,当初,自己满怀憧憬地说了句"我要当一名翻译"。她觉得,在哪里工作倒是无所谓,学了这么多年英语,至少应该学以致用,丢了实在太可惜。

只是,现在的她,离曾经的愿望真是太远了,她已经很久没有说英语了。她真的害怕,两三年后,自己再也不会说英语了。

好在,机会很快就来了。

葡萄节,县里邀请了一些外宾,急需一名翻译。从档案里翻了半天,终于找出婷这块埋在土里的金子。于是,她被借调到了宣传部。

那段时间,是婷工作以来最快乐的时光,她终于可以说最喜欢的英语了。每天,她用英语跟外宾交谈,给县长书记当翻译。每一张照片婷都在开心地笑,眼睛弯弯的,似一汪清澈的波。她想,如果日子能一直这样过下去,该有多好。

只是,好景不长,活动很快结束了。宣传部长对她说:"你英语讲得这么好,可以托托人找找关系,争取留下来。"

婷苦笑了下,想,我哪里有关系呢?即使有,父母微薄的收入,也没有能力去打点。于是,婷又回到了乡镇,重新做回那个与英语无关的陀螺。

日子像潮水,一片漫过一片。

她曾多次想过离开这个单位。被同事欺负时,她想离开;受到不公正待遇时,她想离开;想到曾经的理想时,她想离开……只是,想归想,她的一双腿似被什么牵着,始终没有勇气迈出第一步。

岁月如梭,很快,十年过去。那天,婷突然接到大学同学的电话,说他们的班长突发心梗去世了。时光停在那一刻。婷翻出毕业合影,看着班长灿烂的笑脸,顷刻泪流满面。生命何其脆弱,人生何其短暂,前路迷茫,谁也不知道自己会突然停在哪里。

参加完班长的葬礼,婷终于下了决心,辞了职。

接着,她去了北京。递简历,参加面试。好在,从宣传部回来,她一直坚持每天练习一个小时口语,很快,就被一家外企聘用了。

现在,婷每天只做与英语翻译有关的工作。经理温文尔雅,知书达礼,对属下关爱有加。同事间互相学习,和睦相处,没有钩心斗角,没有先来后到的你尊我卑。在这里,大家比的是能力和业绩,没人关心你有没有社会关系。自此,蓝天白云,风清月明,日子真的成了她梦寐以求的样子。

"等过几年生活稳定了,正好接儿子来北京上初中。"说这些话时,婷幸福地笑着,脸上漾着遮不住的甜蜜。

婷告诉我,她真的很后悔,后悔当初没有早点丢弃那根鸡肋。现在,她终于明白,只要有勇气去追求,前方真的有更好的生活等着你。

告别错的,才能遇到对的。生命只此一世,我们都要鼓起勇气,呵护自己的梦想,尊重自己的人生。

要相信,更好的岁月在等着你。

得到与失去，关键在于选择

很多时候，想到自己的工作，我的脑海就会跳出两个字：鸡肋。

食之无味，弃之可惜。握在手里没什么感觉，松开手扔掉又没有勇气。

我一直觉得，这个工作不适合我。不适合我的性格，不适合我的兴趣，更不适合我的发展。

心理学家曾奇峰说，如果一个人正在做的工作恰恰是自己喜欢的事业，而且，凭此还能养家糊口，那么，他就是幸福的了。是啊，人生苦短，如果把大半辈子的时间都耗在自己不喜欢的事情上，是不是太悲哀了？

我喜欢写作。晚上，坐在电脑前，指捻莲花，任思绪在脑海里自由驰骋，是每天最快乐的时光。遗憾的是，由于白天要上班，下了班还有一大堆的家务，仔细算来，可以写作的时间真是少之又少。因此，当编辑在QQ上催稿，领导在办公室要求加班的时候；当头一天为了赶稿熬了夜，第二天一大早还要睁着熊猫眼硬着头皮去上班的时候；当期刊以及文化公司的约稿逐渐增多，由于时间紧迫，自己应付得越来越吃力的时候，我曾多次想到了辞职。

然而，每当我下定决心放弃时，耳边总会此起彼伏地响起一连串的劝阻。

父亲说："现在拥有一份稳定的工作多难啊，刚毕业的大学生削尖了脑袋都挤不进来，你却要把到手的鸭子拱手让给别人吗？"

同事说:"你在这里都干了 10 多年了,业务轻车熟路,闭着眼都能应付自如。这样的工作去哪里找?还是以不变应万变,先干着吧。"

朋友说:"辞了职,三险一金都得自己交,太不划算了。何况,咱都老大不小了。上有老人需侍奉,下有小儿需抚养,再不是任性的年龄啦……"

当然,旁人的劝说并非关键。日子是自己的,人生的路要靠自己的双腿往前走,如果自己吃了秤砣铁了心,想来没有人能真正阻拦我。必须承认的是,一向中规中矩的我,还没有过了自己这一关。

于是,年复一年。一路走下来,时至今日,一颗心依旧举棋不定,为自己的去留问题纠结着。

直到遇到了 S。

我们相识于博客。在杂志上读过彼此的文字,颇有好感。于是,互相加了 QQ。

S 是中国作协会员。她写的小说,文笔优美,情感细腻,非常动人。在国内拥有众多粉丝。至今,已出版长篇小说 10 多部。

然而,即使如此,写作也只是她的副业。她的工作单位是信访办,每天不厌其烦地接待大量的上访者。说实话,那样嘈杂的环境,甚至连安静地看一会儿书都不可能,实在令人苦不堪言。真不知每一天她是如何挨过去的。

S 今年 33 岁。是一个八岁男孩的母亲。喧嚣的工作环境,层出不穷的家务,再加上淘气的儿子,以及日复一日地熬夜写字,想象中的她,由于身心疲累,整个人肯定是缺乏神采的。

孰料,事实却不然。

被同一家杂志社邀请去黑龙江开笔会时,我和 S 终于相见。站在我面前的她,长发烫成时尚的大波浪,大红色皮衣,黑色小脚皮裤,脚下踩着欧美风马丁靴。真是要多拉风有多拉风。令我吃惊的是,她还化了精致的淡妆。尤其是淡紫色的唇彩,晶莹剔透,润泽轻薄,看上去娇嫩柔软,非常诱人。

S告诉我，只要出门，她一定会化妆；不化妆，她简直不知道如何见人。另外，除了写字，她另一个爱好就是逛淘宝。每天晚上，打开文档前，总要在天猫上转几圈，选上一两件喜欢的衣服或饰品加入购物车，才能安下心来写字。

"你不做家务吗？"我一脸疑惑地问。

"做啊！我不做谁做？"

"孩子不用你带？"

"用啊！当妈的能不带自己孩子吗？"

"可是，这个也做，那个也做，还要化妆逛淘宝，你还有时间写字吗？"

"晚上写啊！我每一本书都是熬夜完成的。"

唉！我轻轻叹了口气，心想，瘦尽灯花又一宵，原来，她跟我一样，都是深受工作之累的夜猫子。

"你想过辞职吗？"想到自己的纠结，我问。

"没想过。干吗要辞职？"

"难道你不觉得，工作对我们而言，已经是拖累了吗？如果没有这份工作，我们会写出更多更好的作品。"我振振有词地说。

她却摇摇头，说："我觉得未必。一个真正的作家，是不能一直坐在家里闭门造车的。我倒认为，工作恰恰是我们体验生活、与外界交流的最佳途径。既能为我们提供写作素材，又能挣工资，如此双赢的事，干吗要放弃呀！亲爱的，不要总想着工作拖累了你，凡事要多想想积极的一面，就安心且快乐了。"

她的话，如醍醐灌顶，使我一下子茅塞顿开。是啊，以前，我只看到了工作的弊端和缺点。殊不知，任何事都是两面的。得到与失去，关键在于选择。

自此，走在上班的路上，看天天蓝，遇风风清，我的心再不纠结了。原来，快乐很简单，只要换个角度，让思想转个弯，就快乐了。

耐心些，你想要的岁月都会给你

那一年，小宁的运气真的很差。

先是结婚前半个月被男友甩了，眼睁睁看着按照自己创意装修的房子住进了另外一个女人。偏偏，屋漏又逢连夜雨。感情的伤口还在滴血，母亲又意外出了车祸，导致左腿粉碎性骨折。

作为母亲唯一的亲人，小宁硬着头皮挑起了家里的大梁。跟肇事司机谈判，给母亲办住院手续，在手术单上签字。母亲伤得较重，不是三五天就能治好的。没办法，她只好跟单位请了长假，日夜守候在医院里。

母亲的病，一拖就是半年。期间，单位几次催她去上班。只是，母亲需要照顾，她实在找不到第二个合适的人来陪床。最终，纵然好话说尽，她还是被辞退了。

"你说，我是不是也应该买个化太岁锦囊，戴在身上避避邪？"

说实话，如果不是亲耳听到，我真不敢相信，这样的话是从小宁嘴里说出来的。

自认识小宁，她就是纯粹的无神论者。她觉得，信神、信佛、信耶稣，都不如信自己，命运掌握在自己手中。人生的路，是靠自己一步一步走出来的。因此，同龄的小莲在网上请购了化太岁锦囊，她还不屑一顾地笑小莲像个迷信的老太太。

是啊，25岁是多么美好的年龄啊！青春就是力量，年轻就是本钱，什么犯太岁，统统见鬼去吧！

可是，发生了这么多事，一向自信的小宁心里也没底了。坐在医院的椅子上，看着母亲痛苦的脸，她苦笑着想：难道，自己真的在太岁头上动了土，遭到报应了吗？

我用食指戳了下她的脑门，安慰道："别瞎想，不过都是巧合罢了。相信我，一切都会过去，慢慢会好的。"

然而，我和小宁都没想到，更悲催的事还在后面。

母亲出院没几天，还没找到新工作，小宁突然发现自己的左侧乳房长了一个肿块。到医院一检查，竟被确诊为乳腺癌。

对一个只有25岁，尚未结婚生子的女孩而言，这个消息无异于晴天霹雳。

小宁一下子蒙了，大脑一片空白。母亲在家还需要照顾，自己却躺在了医院里。她感觉，自己人生的天空已经被乌云团团包围，再也看不到一丝阳光。此时此刻，她多想有个男人帮自己顶起一片天，让她有个肩膀可以靠一靠，帮她挨过这场难关。她真的累了，太累了，累得就要扛不住了。

可是，夜空冷寂，窗外除了呼呼的风声，再无其他。

一夜未眠。她给母亲写了封长信，回忆了从小到大的点点滴滴。末了，她请母亲原谅自己的不孝、懦弱，以及不辞而别。

清晨，她拿起水果刀，狠狠地向手腕割去……

好在，被前来查房的护士及时发现，最终，才没有酿成悲剧！

母亲听到她自杀的消息，差点背过气去。她坐着轮椅来到医院，抱着小宁失声痛哭。

母亲说："生命不是你一个人的，你有什么权力不要她？我都60岁了，腿上打着三根钢针，每天忍受着针扎般的痛，我都能活着，你为什么不能？患了乳腺癌怕什么？即使失去了乳房又算什么？你的双眼还能看，你的耳朵还能听，你的双脚还能走，你的心还在跳！女儿啊，你还小，等你活到妈这把年纪就会明白，只有活着才是最重要的！"

"只有活着才是最重要的。"自此，小宁记住了母亲的话，片刻不敢忘记。为了母亲，也为了自己，她一定要坚强。

让人意料不到的是，仅仅过了半个月，一切就有了转机。

先是小宁在大学的初恋男友来到了医院。当初，为了回到各自父母的身边，相隔千里的他们选择了分手。现在，辗转听说小宁患了病，他一刻也没有耽搁就赶了过来。他要跟她一起面对病痛，陪她走过这段最艰难的日子。更令人惊喜的是，男友的到来，给小宁竟带来了喜出望外的福音。

男友有个朋友在北京医院工作。他带小宁去做了复查，结果出乎意料，原来，小宁患的不是癌，不过是普通的纤维瘤而已。

2013年元旦，小宁举行了盛大的婚礼。依在爱人温暖的怀里，她忽然明白，曾经遭受的所有苦痛，都是为了让自己遇到更好的。

在一切变好之前，我们可能会经历一些不开心不顺利的日子。这段日子也许很长，也许只是几天，甚至只是一觉醒来。在你坚持不住的时候，记得告诉自己，再坚持一下，明天会更好，一切都会过去。

耐心点，你想要的，岁月都会给你。

第五辑 这一世，你是否爱得足够

这世间种种，没有一样比得上爱的意义。爱亲人，爱朋友，爱每一个当下，当然，也包括爱自己。离开这个世界之前，我只想问自己一句话，这一世，你是否爱得足够……

跟你在一起，我成了最好的自己

上大学时，一场突如其来的车祸把她变成了不能正常行走的瘸子。那个发誓一辈子爱她的初恋男友，只象征性地来医院探望了两次，随即就人间蒸发了。海誓山盟的爱情，竟抵不过一张薄薄的病历纸！她的心，如同十月的天气，倏然间凉了下去。

参加工作后，由于总是板着一张脸，几乎从不欢笑，同事背地里都叫她"冷美人"。父母担心自己的宝贝成为剩女，四处托人帮她物色对象，她却一个都不见。是啊，见了又怎样呢？条件差的看不上，条件好一点的，又担心自己受伤害。自小，她是宁为玉碎不为瓦全的女子。虽然，她害怕孤独，茫茫人海，亦需要一个可以依靠的肩膀取暖，但是，她更明白，两个不爱的人在一起，会比一个人更寂寞。况且，曾经的旧伤一直横亘在心头，那个硬硬的背影，使她再也无法相信爱情。

只是，爱情就像春天的花红柳绿，一旦缘分到了，挡都挡不住。

一个偶然的机会，她认识了在广告公司做策划的他。电光火石般，他疯狂地爱上她，并对她展开了猛烈的攻势。

说实话，第一次接触，她已然被他的英俊潇洒吸引了。只是，她知道，他们是两个世界的人，他健康阳光得如同初夏的白杨树，而自己，不过是秋天枯寂的残荷，时光把他们隔得太远，她追不上他。况且，她明白，仅有爱情是不够的，他的父母绝对不会同意儿子娶个瘸子当媳妇。既然不能结果,那么,开花也不必了吧。花儿太容易凋谢,她敏感脆弱的心,伤不起。于是,她像一块拒绝融化的冰,戴着冷冷的面具,对他一拒千里。

他却不管不顾,每日厚着脸皮,见缝插针地追随在她左右。在众人惊讶的目光中,他强行带她去跳舞、滑冰,甚至,还拉着她去打久违的篮球!

腿受伤之后,这些场所她一直回避着。她以为,今生今世,自己像只断翅的蝴蝶,再也飞不起来了。然而,是他让她明白,一直以来,自己竟是错了!

被他带着旋转在舞池里,她的心,快乐得欲飞。她发现,自己的生命依旧鲜活!自己的青春依然飞扬!

他说:"知道吗?其实,你不如我了解你自己。"

她的心软软地动了一下。是的,跟他在一起,她重新变得乐观自信起来,亦找回了丢失多年的欢声笑语。

半年后,他捧着999朵玫瑰向她求婚。他说:"从今以后,不要在乎其他任何事情,你只要知道,我在乎你就行了。我只希望,我们能快快乐乐地在一起。"

大片的阳光,突然在眼前开了花。她甜甜地笑了,笑出了一脸幸福的泪。

然而,意料之中,他们遭到了所有人的反对。

她的母亲对她说:"他太招摇了,不适合你。"

"妈,你的意思是,我配不上他?"她盯着母亲的眼睛,目光灼灼。

"妈不想让你受到伤害……"

"相爱的人不能在一起,才是最大的伤害。"她咬着嘴唇,泪眼盈盈。

他的父亲对他说:"健康的人那么多,你为什么非要娶个瘸子回来?"

"因为，别人都不是她！"他铿锵地答，目光坚定。

"如果你一定要娶她，以后，别再叫我爸爸！"父亲真的生气了。

"我只想说一句，你永远是我的爸爸，她也永远是我的爱人！"

冲破家庭的重重阻力，三个月后，两人终于喜结连理。

婚礼上，自卑像春草，在身体里疯长着。她可以想象，当披着婚纱的新娘，一颠一跛地走上红地毯时，四周会传来怎样令人不堪的窃窃私语。正当她紧张得心如鹿撞、冷汗直冒时，众目睽睽之下，他一把抱起她，伴着庄重优美的婚礼进行曲，微笑着走上了撒满玫瑰花瓣的红地毯……

四周掌声雷动。

在他深情的目光里，她的心被一寸寸捂暖了。

她知道，他这一抱，不仅抱起了自己的身体，同时，也托起了自己伤残后一度怯懦自卑的心灵。什么是真爱呢？她想，真爱不仅仅是两情相悦，而是因为跟你在一起时，我成了最好的自己。

在他温暖的怀抱里，她听到自己的心，"嘭"的一声，开了花。她知道，他抱自己走过的，将是长长的一生。就像此刻一样，幸福永恒。

与珍贵的安分守己相比,年轻漂亮算什么

谈恋爱时,大家都劝她放弃。不是他有什么不好,而是因为,他当兵的地方,在千里之外的新疆,结婚后,两人根本无法生活在一起。

她却听不进去,歪着头说:"两情若是长久时,又岂在朝朝暮暮?"母亲反驳道:"你那是精神乌托邦!夫妻就应该长相守、永相随。"她挑起柳叶眉,一脸的倔强,"反正,除了他,我谁都不嫁。"

令大家更为惊讶的是,结婚时,她甚至跟婆婆提出不举行婚礼。理由是,喜宴纯属铺张浪费,不如把钱省下来,尽快攒够首付,买一套属于自己的房子。那是20世纪90年代,贷款买房还是比较前卫的事情。

短短的婚假后,他很快奔赴部队。工作和家人的牵绊,使她只能留在河北。

结婚前,在朋友当中,她是最爱玩的。唱歌、跳舞、参加各式聚会,到处都能看到她活跃的身影。结婚后,她却完全像换了个人。除了工作,业余时间几乎全部耗在租来的房子里。夏天,院子里的花草争奇斗艳,她一个人,静静坐在树荫下,给他织冬天穿的羊毛裤。收音机里,邓丽君的歌溪水般流出来,她一遍遍地念着他的好,浓浓的甜蜜,如同香腻的巧克力,点点滴滴入了心。

周末,朋友们约她出去玩。她总是摇摇头,一次又一次婉拒。女友不明白,问:"他不在,你一个人窝在家里干什么?"她淡淡笑着,极认真地说:"如果老公打来电话,而我不在家,他一定会很担

心。他是军人,任何后顾之忧都会影响工作。况且,我也希望,自己能在第一时间,听到他的声音。"

母亲说:"妮儿,结婚成了分水岭,把你变成了截然不同的两个人。"

她偎在母亲怀里,望着树上的鸟巢,感慨道:"人生在世,不同的阶段拥有不同的身份,而不同的身份,又有不同的责任和义务。单身时,我热衷于随心所欲,自由不羁。结婚后,我只想做一个合格的妻子和母亲。"

日子像白水,平淡而干净地流淌。两年后,她怀孕了。由于怕他担心,直到孩子出生,他才知道自己有了儿子。儿子发烧住院,她总是一个人背负面对。她想,除了徒然地挂念,遥远的他又能做些什么呢?不如让他不知,倒能安心待在部队里。

数年来,她侍奉老人,抚养小儿,一个人默默承受着家中的所有。流年里,孩子渐渐长大,她一天天老去。

有人劝她:"你这样守着,值得吗?这么多年,他在外面,不可能一个人。"

"一直以来,我就是一个人。"她声音虽轻,却铿锵有力。

那人摇摇头,说:"傻瓜,男人跟女人是不同的。"

她却从不怀疑,她相信自己的眼光,更相信老公的人品。她坚定地认为,只要两颗心在一起,时间没有什么了不起,空间也没有什么了不起。

每个月,他按时寄钱回来。除了必要的开销,她和儿子尽量节俭。又过了几年,她如愿以偿拥有了自己的房子。晚上,邻家的女人聚在一起打麻将,她却安静地待在家里,陪儿子写作业、聊天、做游戏。从一年级开始,她每天给儿子读一篇作文,每天教孩子写日记。除了特殊情况,每个周末都带儿子到大自然中呼吸新鲜空气。甚至,为了帮儿子学好英语,本来学俄语的她,硬是靠自学,掌握了英语从小学到初中的所有课程。在她倾心尽力的辅导下,孩子的成绩一直很好。他探亲回家，捧着儿子优秀的成绩单，眼睛乐得眯成了一条缝。

　　孩子上高中那年，他终于转业回城，分配到市直机关工作。推开家门，他张开双臂，眼含热泪望着她。她向后捋了捋渐次花白的头发，一头扑进他宽厚的怀里。亮亮的阳光下，夫妻俩相拥而泣。哭着哭着，又幸福地笑了。他替她擦脸，她为他抹泪。

　　为了不让她太辛苦，他买了一辆小奥拓，每天接送她上下班。晚上，尽量推掉不必要的应酬，陪她一起吃饭。自此，日子像春天的山野，越发锦绣起来。

　　然而，美好的生活未必能美好地继续。40岁时，她突然患了脑中风，整个人瘫在床上，连大小便都不能自理。从此，他除了上班，所有的业余时间都守在家里。日复一日，他精心照顾她的饮食起居，陪她说话、听音乐、下象棋。

　　其间，有年轻的女子试图向他靠近。他摇摇头，一颗心静静的，微澜不起。

　　面对朋友不解的目光，他淡淡地说："与珍贵的安分守己相比，那些随处可见的年轻漂亮又算得了什么呢？"

　　他想，将近20年的时光啊！寂寞、孤单、无助，一定如同小兽的齿，日日啃噬着她的心。然而，漫长的等待里，她从未迷失过自己。她一直清楚自己要什么，更明白应该怎样做。如母亲所言，自己是何等幸运，竟娶到了世间少有的极品女人。

　　望着怀里熟睡的妻子，他的眼里，溢得满满的，皆是漫无边际的疼惜。

　　他吻了吻她的额头，柔声说："老婆，我也会用一颗安分的心，一直陪着你，数遍时光的每个角落。"

　　窗外，正是花好月圆时。皎洁的月光，流水般泻入，笼罩着两个相濡以沫的身影……

不能没有他

她与他结婚 10 年,儿子七岁。一家人在一起,其乐融融,尽享天伦。

虽然都是下岗职工,但是,生活的风雨并未给这个家注入悲伤。他们坚信,只要一家人在一起,没有过不去的严冬。

有时,他会对她说:"我一看到你,就能闻到春天的味道。"于是她一脸甜蜜,笑若桃花。

两人开了家杂货店。他负责进货采购,接送孩子上下学。她则安坐店中,接待顾客,闲暇时会做一些日常家务,更多的时候,在给他和儿子织毛衣和毛裤,每年会翻新,从无懈怠。他担心她的身体,怕她太劳累,常说以后两三年重织一次就可以了。她却坚持道:"那样不暖和,腿受了凉是一辈子的事。"

很平淡的家常日子,很紧张的经济状况,很简陋的家居生活,却被他们过得有滋有味。欢声笑语不时地从租住的小院飘到邻家,总是惹得大家羡慕不已。

她只有初中文化,却十分地喜爱读书。尤其是医学科普及自我保健方面的书籍,读起来总是爱不释手。有人问:"你又不做医生,看这些做什么?"她静静地答:"多学点,总比什么都不懂要好。万一家人病了,也许会用得上。"

这话还真被她言中了。

那天,他进货回来,刚把一箱鸡蛋放到屋子里,突然一头栽倒在地。她跑过去,看到他面容青紫,四肢抽搐。她下意识去摸他的心跳,竟然没有摸到。凭借以前读过的医学知识,她感到他是心梗突然发作。于是,马上打了120急救电话,接着她按照从书中学到的知识,给他做胸外按压及人工呼吸。

她先吹一口气,再做几次按压,如此循环,不曾间断。不知是紧张还是劳累,应该是两者皆有,她满头是汗。但她顾不上擦一下,她只知道,她最爱的人,她的老公,孩子的爸爸,就要没命了,就要离开自己了,她要把他救回来。

他一直身体健壮,平时连感冒药都不曾吃过一粒,表面的健康掩盖了悄悄袭来的疾病。救护车终于来了,医生的初步诊断竟然与她想象的一样。

在医院的急救室里,医护人员快速给他做了一系列检查。当时已经出现典型的死亡征兆:意识丧失,全身抽搐,瞳孔放大,血压为零,用心电监护仪一测,心电图接近直线。医生立即实施心脏电击除颤,几次后却没有效果,继续电击除颤,另一个医生反复不停地进行心脏按压术。护士给他输上了强心药物,呼吸机辅助呼吸,只是他的心脏仍然只有不规则的颤动,始终没有恢复有效循环。他一直没有心跳、血压、呼吸,瞳孔散大无反射,全身发绀。

主管医生走出来,告诉她尽早准备后事。

她不愿相信,也不能相信,更不会相信。他是全家的太阳,没有他,整个家不会再有温暖的阳光。他才36岁,人生的路应该还很漫长。他的父母需要他孝顺,她需要他心疼,他们的儿子需要他爱,他们的店需要他打理,他还有许多事没有完成,他不能就这样离去。况且他们那么恩爱,他不可能丢下她不管不顾,就那样一言不发地消失。

最重要的是,她爱他,她不能没有他。她要他活着,必须活着。

她"扑通"一声给医生跪了下去。一边磕头,一边说:"求求你们,别放弃他,救救他。他一定能活过来,我相信,他一定能活过来!"

医生摇了摇头,无可奈何地说:"我们是医生,怎么会见死不救呢?只是,他的情况,实在是回天无力。"

她把地板磕得咚咚响,抬起头时前额已被鲜血染红。她满眼恳求地望着医生,求医生坚持给他做心脏按压。

"求求你们,千万不要停止。会有奇迹的。一定会的。"

医生的眼圈红了,他一言不发,转身进去,开始了一丝不苟地按压,接着另一个医生把他换下去,继续按压着……

她顾不上擦额头上的血迹,隔着玻璃,一会儿看看他,一会儿看看心电监护仪。她的眼中如同冒着火一样,渴望着那条直线能有不同程度的弯曲。

亲朋闻讯纷纷赶来。医生让他们劝劝她,让她放弃这种徒劳地努力。

他的父母看着沉睡的儿子,老泪纵横。

婆婆对她说:"医生的话还有错吗?他已经去了,咱们就别再折腾他了,让他安静地走吧。"

公公也劝道:"这样折腾,他死得不安生。孩子,无论怎样做都没用了,你明白吗?"

她头摇得像拨浪鼓,"不,不,爸妈,他会活过来的,我们不能放弃他。我在报上看过的,有个人心跳停了三个小时最后都被救活了,他现在一个小时都不到呀!他是有希望的,只要我们坚持!"

一个半小时过去了。又用了几次电击除颤,仍无效果。医生又一次出来,"我们真的尽力了,他没有生还的希望了,请准备后事吧。"

她又一次跪了下去,磕头声再次"咚咚"响起,"求你们多派几个医生,轮流按压。再坚持一个小时,就一个小时。如果还不行,我们就放弃。好吗?求你们,求求你们了!"

医生的泪再也控制不住了,他再次走进抢救室,对大家说:"继续抢救。"

五个医生在他面前站成一排,轮番上阵,每一次的按压都规范到位。汗水很快浸湿了白衣,时间一秒一秒地流逝。

滴水穿石,心诚石开。最后,她的倔强与坚持,医护人员的努力与汗水,终于重新启动了那颗停止跳动的心脏,历时130分钟,一万多次心脏按压。

医生走出来告诉她这个好消息时,发现她竟一直跪着未起。他示意家人把她扶起来,对她说:"大姐,奇迹真的发生了!他有心跳了!"

在场的人无不欢呼跳跃。她则又一次给医生跪了下去,"谢谢,谢谢你们。"无尽的泪水潸然而下。

婆婆蹒跚地走过来,扶起她说:"媳妇啊,是你救了他,是你的坚持救了他!"

她握着婆婆的手,泪流满面地说:"妈,我只是不能没有他……"

怜相伴，病相扶，心相牵

厨房里，抽油烟机轰隆隆响着，男人像个不停旋转的陀螺，正在热火朝天地忙碌着。他把花红柳绿的菜，一样接一样放进锅里，一边哼歌，一边风生水起地翻炒。

女人躺在沙发上，目光穿过重重叠叠的雾霭，看到男人瘦弱的背深深地向前弯着，弓成一只年迈的虾。男人在唱《老婆老婆我爱你》。他的声音有些沙哑，调也跑得老远，女人却痴痴地听着，似在享受空灵的天籁。

冬天的阳光，羽毛般飘过来。男人的双鬓，似染了霜，白白的，亮亮的，如同一枚枚钢针，扎在女人心上，一下又一下……

泪盈盈而下，润湿了枕巾。女人的嘴唇微微翕动着，目光溢满了感激和心疼。她很想对男人说："老公，你太累了，坐到我旁边休息一下吧。"她还想告诉他："这辈子能做你的妻子，是我一生最大的幸运！"然而，任凭女人用尽力气，无奈的是，她的喉头除了咕噜咕噜的声音，竟连一句话都说不出……

三年前，女人不幸患了肌萎缩性脊髓侧索硬化症(ALS)，俗称"渐冻人"。这是一种恶性病，身体像被冰雪冻住一样，在时光的落花流水里，渐渐变得萎缩无力。患者的运动功能，如同海滩边的沙粒，每次海浪打来就被带走一点。今天是脚，明天是手，后天可能是喉头肌。甚至，连控制眼球转动的微少肌肉也不例外。

如今，随着病情恶化，女人已到了有口不能言，有手不能动，有脚不能走的境地。

命运无常至残酷。女人的心，如同自己的身体一样，似被置身于冰天雪地，那般冷，那样疼。她觉得，自己活在世上，除了给丈夫和儿子增加负担和拖累，再无任何意义。因此，绝望至极的时候，女人多次想到了死。

这样的灾难落到谁身上，生活都会被愁云笼罩。然而，男人却不悲观，他辞了职，心甘情愿回到家里，一边照顾妻子，一边接一些广告公司的策划案子维持生计。

每天，男人五点起床。先帮女人穿衣。然后，洗脸、刷牙，再喂女人吃早餐。接下来，用两个小时，从头及脚到四肢，给女人做全身按摩。医生说，按摩对ALS病人而言几乎没有任何效果，男人却依旧坚持。他觉得，生命在于运动，动一动，总是好的。况且，前路未知，他相信，只要努力，生命有时真的会发生奇迹。

男人终日劳累而忙碌，却从不抱怨，更没有喊过一声苦。做饭时，他常常给女人唱歌、讲故事，有时，为了逗女人开心，还会模仿两段姜昆老师的相声……

下午，女人被他抱到阳台晒太阳。他则端了笔记本，坐在女人旁边，一边工作，一边陪妻子听音乐。阳光温暖，一朵一朵开在身上，像盛放的蒲公英。悠扬婉转的古筝曲，似潺潺流水，淌满了房间的每个角落。

晚上，男人握着女人的手，两个人相拥而眠。夜里，女人一般需要翻三次身。不会说话，不能触摸，没关系，女人只需把全身力气涌到嗓子眼，喉咙发出"呼噜呼噜"的信号，男人马上就会醒来。一阵窸窸窣窣的声音后，男人开了灯，如同抱婴儿一般，一只手搂着女人的脖子，另一只手端起女人的臀部，一边说："翻身喽！"一边驾轻就熟地将她的双腿和胳膊摆到最舒适的位置。

不仅如此，男人还帮女人修眉、染发、化妆，甚至涂指甲油。隔些日子，还会为女人更换发型，买漂亮的时尚饰品。

朋友问："这样的日子，你还嫌不够累吗？照顾一个瘫在床上的病人，没有褥疮已经不错了，做这些有必要吗？"

男人的目光，顷刻蓄起水意。他长长叹息一声，自言自语道："她曾经是多么爱美的女人啊！经常一袭紫裙，脸上化着淡妆，抹着鲜艳的口红，像一朵正开的花。现在，她的手不能动了，我的手就是她的手，我要尽量将她打扮得好看些，让她觉得，虽然生了病，但自己生命里的每一天仍然能够像以前一样美丽。"

女人生日时，男人给她买了新衣，并亲自写了字幅送给她。上书四个字：生欢喜心。女人眼前一亮，心里有暖，一点点氤氲开来。是啊，一个人若能日日生出欢喜心，用力接受命运赐予的一切境遇，还有什么坎过不去呢？

倚在男人宽阔的怀里，女人甜甜地笑了，笑出了一脸幸福的泪。

男人一边替她擦眼泪，一边深情地说："老婆，虽然你不能动了，也不能说话了，但是，你的眼睛还能看，你的耳朵还能听，你的心还能爱！好好活着！让我们怜相伴、病相扶、心相牵，一起创造生命的奇迹。"

窗外，花枝春满，天晴月圆。

人安在，景安在，家安在，一刻也是永远……

委屈了什么都不要紧,千万别委屈了爱

小佩是我的朋友,30岁。数年来相亲不下10次,依旧单身。背后,大家都说她挑花了眼,再挑下去,即使自身条件不错,保不准也会成为剩女。

她却不急,一边耐心地涂指甲油,一边不慌不忙地解释:"我没有挑呀!只不过是想找一个值得爱,配得上跟我在一起的人。"

被母亲逼急了,她杏眼怒睁,失礼地说:"妈,如果让你跟一个见了第一面就不想再见第二面的男人过一生,你愿意吗?"

母亲不吱声了。于是,同龄人早已出双入对,小佩依旧形单影只。

她不明白,现在的男人怎么会有那么多的缺点。不知是自己眼睛太毒,还是遇到的人素质太低,总之,那些人没有一个能入她的法眼,她又怎能安心地把自己嫁出去?

第一个男孩是小佩的初恋。

17岁的花季,她曾为他痴为他醉,望着蓝天白云,不止一次幻想过做他幸福的妻。放了假,因见不到他而泪湿枕巾;开了学,因见到了他而痛哭流涕。17岁,他是她的全部,是她心心念念魂牵梦萦的恋人。他的那句"我永远爱你",让她的心婉转了又婉转,开心了又开心。

然而,永远到底有多远?在他这里,不过是短短的一年而已。

18岁时,她发现他与另一个女同学在公园里拥抱。他向她忏悔,跟在身后惊慌失措地解释。她没有像其他女孩那样,冲他歇斯底里地发脾气。她仰起头,把即将淌出的泪水流回去,从头至尾,只静

静地说了三个字,"分手吧。"

她没有给他机会。同时,也没有给自己机会。她离开得很决绝,自此,彻底断了与他的联系。

同学为他求情,提醒她多想想男孩过去的好。她摇摇头,每个字都是从心里发出的叹息:"我的爱很珍贵,我不允许自己去爱一个对爱情三心二意的人。"

参加工作的第一年,她23岁,见了第一个相亲对象。

男孩在邮局工作,身材高大,谈吐幽默,颇具绅士风度。吃饭时,他帮她拉椅子,热情地招呼她点菜。末了,还体贴地给她要了杯柠檬汁。

"初见的10分钟,印象还不错。只是,后来就不对劲了。"此去经年,小佩的眼里依旧闪着鄙夷。

男孩俨然成了查户口的民警,很没礼貌地对她的家庭追根问底。父亲是做什么的?母亲是做什么的?亲朋好友中有当官的亲戚吗?有开办公司的大款吗?另外,小佩每个月的工资是多少?有奖金吗?业余还有其他副业吗?

男孩一边吃一边说,像个讨人厌的八婆……小佩突然感到有些恶心。她想,以后的岁月,如果每天面对这样一张嘴,那么,她的婚姻生活,一定不是人间,而是变成了地狱。

最让小佩大跌眼镜的是,她起身告辞时,男孩竟急急地说了句:"这顿饭咱们AA制。"

不管旁边的人笑没笑,反正小佩是控制不住地笑了。本来,她想恶心那个人一下,一个人痛痛快快把饭钱交了完事。不过,转念一想,这样的男人根本不配自己请客。于是,她微笑着把服务生喊过来,清清楚楚付了一半,又大大方方地给了服务生50元小费。

男人惊讶得嘴尚未合拢,小佩已经袅娜娉婷地离开了饭店。

第二天,母亲对小佩说,介绍人回话了,男孩对她很满意,同意继续交往。小佩险些笑岔了气,摆摆手说:"跟他说,这辈子,我再也不想见到他。"

介绍人问及原因。小佩眼含深意道："你只要告诉他，我的爱还没有廉价到逢人便给的地步。"

25岁那年，在火车上，小佩遇到了生命中的第二次爱情。

男人32岁，在一家中学当教师。男人很有才，既会画画，又会写诗，兴致一来，甚至还会谱曲作词。

小佩整天在医院跟一帮患者打交道，哪里见过如此阵势的男人。于是，还没下车，就被他脱口而出的几首情诗俘虏了。之后，男人跟她要了手机号。望着神采飞扬的他，大片的阳光，在小佩眼前突然开了花，她的心雀跃着，扑棱着蝶样的翅膀，快乐得欲飞。

男人先下了车。临别时，两人俨然已是情深意笃的恋人。一个在车窗内，一个在车窗外，两只手紧紧握着，车轮启动时，小佩早已泪落如雨。

男人跟着奔跑的火车喊："等我的电话！"

他高大的身影沐浴在阳光里，暖暖的，亮亮的。同时，也明媚了小佩一度黯然的心。

女孩大多是敏感的。她们常常沉醉于假设与想象中，天南海北，乐此不疲。有时，小佩会想象男人打来电话时，第一句会说什么。

你好？好像不对。这样的开篇太生硬，不适合他俩的关系。

我想你？想到这三个字，小佩的脸早已红至通透。她想，男人是与众不同的画家兼诗人，他的语言，一定是最浪漫的，充满了诗情画意。

小佩甚至想过，男人会突然出现在自己面前。虽然相隔上千里，但是，在爱情面前，空间算什么，时间又算什么？没有什么能阻挡爱的脚步！

然而，想象只是想象。一个月过去了，她的生活里从来没有出现过他的声音，影子就更看不到了。他像一片云，在她头顶轻轻掠过，从此，销声匿迹，杳无音信。

她对着镜子苦笑，心想，这就叫过客吧，不过是一面之交，而已。

然而，正当她几乎忘记那场相遇的时候，时隔一年，男人却突然出现了。

面前的他，依旧神采飞扬，依旧气宇不凡。他炯炯有神的眸子里，如同一年前在火车上一样，依旧燃着熊熊的火焰。

藏在心底的爱，似随时在那里准备着，轻轻一点燃，就噼里啪啦地烧起来了。小佩扑进男人敞开的怀抱，再也不想出来。

整整两天，她陪着男人在古驿站采风，在当地的名胜古迹画画。他牵着她的手，在京西草原自由自在地奔跑……欢声笑语银铃般撒落，甜蜜着郎才女貌的两个人。

这就是爱情了吧？这就是幸福了吧？她想，这世界，大多数人都在苟且偷生，有几个女孩能遇到生命里的真爱呢？然而，她却幸运地遇到了。

为了跟他在一起，她甚至想到了辞职。是啊，与爱相比，工作又算得了什么呢？工作可以再找，爱却不复重来。

然而，离开时，他却并未邀她一起走。临别，他只是吻了吻她。甚至，连再见都没有说。

进站时，他接了个电话，她听到他用极其温柔的声音说："宝贝，我马上回去，想你，爱你……"

她终于明白，男人的心里，从来没有唯一。男人对自己没有爱，有的，只是偶尔的需要而已。

她在手机里找到男人的号码，迅速发了条短信过去：我的爱是奢侈品，请不要再来打扰它，你不配。

然后，决绝地按了删除键。

是啊，谁离开谁都不会死。所以，告诉那些不配你爱以及不配爱你的男人，人生在世，委屈了什么都不要紧，千万不要委屈了爱。你的爱是奢侈品，不要做别人的俘虏，一定要做自己世界的女神，找一个值得爱的男人过一生。

乌云终会消散于蔚蓝的天空中

梅是在 25 岁那年开始脱发的,大把大把地掉,如同秋风扫落叶,半个月不到,头顶就寸草不生了。

怎么办?正是恋爱的年纪,男人都喜欢长发飘飘的女孩,谁会娶一个秃头回家呢?

母亲急得也开始掉头发,父亲冷静些,托人从北京捎回一个假发套,赶紧遮在了那抹刺眼的亮处。

发套是沙萱的造型,配上梅的娃娃脸,显年轻。见到的人都说:"梅,以后就留短发吧,挺好看。"

梅想解释一下,把真相告诉对方。然而,一想到母亲那双忧伤的泪眼,只好把跑到嘴边的话又吞了回去。

回到自己的小屋,梅摘下假发套,望着镜子里不堪的自己,眼泪像坏掉的水龙头,怎么关都关不住。

那段日子,她有空就在百度上搜索关于斑秃的治疗和临床表现,对号入座后,真是越看越心灰。父亲也带她去了北京协和医院检查,诊断的结果是重度斑秃,治愈的概率非常小。病因很复杂,连专家也说不清。

她知道,从此,自己的人生犹如缺了角的月亮,再也难以圆满。

趴在床上哭泣良久,突然听到母亲在餐厅唤她去吃饭。不知从哪里来的力量,她用袖子狠狠地抹了抹脸,对着镜子里的自己说,掉点头发算什么?即使全部掉光了,不是还有假发套可以戴吗?记住,你还是你,一点都没有改变。

流光清浅。自此,她果真说到做到,鼓起勇气飞出阴霾,又回到了曾经的碧海蓝天。

随着年龄的增长,来说媒的人就像春天的韭菜,一茬接着一茬。虽然,她极不喜欢相亲这种方式,但是,看到母亲迫切的眼神,她知道,早点把自己嫁出去,让父母安心,也是为人子女的一种责任。何况,她每天工作很忙,根本无暇恋爱,周围又是一水儿的姹紫嫣红,如果仅靠电影里的浪漫偶遇,真的不知会等到猴年马月去。

一个接一个地见面。到了第四个,她只觉得眼前陡然一亮,如同早春挂在枝头的一抹新绿,一颗心倏然就动了。

男孩是公安干警,一米八的身高,青春的脸灿烂得像初升的朝阳。男孩也被梅吸引了,喜欢她清纯的模样,尤其是那头乌黑的齐耳短发,看上去像个中学生。

这就是传说中的一见钟情吗?相亲回来,梅又一次钻进自己的小屋,整个人雀跃着,开心得如同午后洒落的阳光。然而,这样的快乐,似流星,在眼前一闪就过去了。摸着头上的假发套,她的目光暗下去,再暗下去。是啊,如果他知道真相,还会跟自己继续交往吗?

想了一夜,梅决定告诉男孩实情。他有权利知道真相,不管结果怎样,不管被岁月的河推到多远,她依旧要做那个初生的小孩,待人真诚,处世坦荡。让自己活成一棵树,经得起命运的任何考验。

结果出乎意料,却又在意料之中。当梅摘下假发套,男孩惊讶得半天合不拢嘴,继而,一转身匆匆跑远了。甚至,连声道别的话都没顾上说……

梅的心很痛,这次,却没掉眼泪。看着他仓皇的背影,她竟欣慰地笑了。

情深缘浅。这个世界,仅有爱情是不够的。

长痛不如短痛,她庆幸自己做出了正确的选择。那一刻,她甚至为自己的决定感到自豪。

大浪淘沙。时光带走的，本就是应该离开的。她相信，那个真正属于自己的人，正在路上，他一定会到来。

再相亲时，她索性把斑秃的事情首先说出来。生命短暂，该面对的始终要面对，她不想浪费彼此的时间。

她发现，在男人眼里，头发对一个女人的重要性并不亚于乳房。大多数男人见了一面再无下文，直到28岁那年，她遇到了文。

文在一家公司搞策划，硕士，在加拿大留过学，外形不错。由于平时注重锻炼，身体健壮得像一头牛。浓情蜜意时，他经常抱着梅在湖边转圈。那一刻，梅感觉自己变成了一只小鸟，在天空中自由自在地飞翔。

后来者居上，他才是她的理想。更重要的是，他不在乎她头顶那片不毛之地。他说："世界上的任何东西都不可能是十全十美的。谁的脸上没有几颗雀斑呢？我爱着的是你的人，而不仅仅是头发。"

他的话，像清香的槐花，在她心底盛开，一朵又一朵，瞬间连成一片。

梅结婚时，请我这个好朋友做她的伴娘。婚礼上，一帮老同学起哄，让她当众叙述恋爱的经过。

站在台上，沐浴着一波又一波羡慕的目光，梅幸福地偎在文宽阔的怀里，只说了一句话：喜悦属于有担当的人。

台下瞬时安静下来。继而，掌声雷动。后来我发现，自己的手鼓动得发红。

是啊，生活不可能一帆风顺，不管遭遇到什么，只有勇敢面对，才能找到跃出的途径。喜悦属于有担当的人，拥有时，要善待珍惜，失去时，则微笑相送。人生旅途中，总会经过一些黑暗夜路，与其忧伤抱怨，不如鼓足勇气尝试穿行。

世间事，完成才能放下。走过去，才能真正抵达。

当你重新置身于明媚的阳光里，蓦然回首，才发现，头顶的乌云终会散开，阴雨的天空终会放晴。

爱在，没有拥抱又有什么关系

那个周末，她是被太阳晃醒的。灿烂的阳光，似一朵朵白云，时而抱成团，时而连成片，在粉红松软的被子上欢喜地跳跃。

吃过早饭，那份晨报已安静地等在茶几上，是爸爸买早餐时捎回来的，似专门为她准备。她随手拿起，漫不经心地坐在沙发上浏览，清新的油墨香扑面而来。她当时并不知道，这张报纸会改变她一生的命运。

只记得，照片上那个失去双臂却自强不息的男人强烈吸引了自己的目光。接下来数天，脑海里飘来荡去的，竟全是他的影子。一颗心似风吹过的湖面，再也无法平静。

两个月后，她冲破重重阻力辞职离家。身后，是父母心疼却又无奈的眼神。

她的心里只有一个念头，尽快飞到他身边，好好照顾他，让他吃胖些。因为，每次想到照片上那个清瘦的男人，她的心都似针扎般的疼。

历尽艰辛，她终于找到他。彼时，他正坐在小摊前，弓着背，全神贯注地为顾客修一只精美的坤表。

他的脸，写满沧桑与刚毅。她凝望着他，一颗心既暖又疼。适逢正午，阳光铺天盖地洒下来，晃出她一脸的泪。

他却拒绝了她。

并非不喜欢。相反，他几乎第一眼便爱上她。只是，他明白，女孩对他，只是同情，最多，还有些因为距离产生的好奇。从失去双臂那一天开始，对爱情，他便死了心。俗话说，人贵在自知之明，他知道，自己的妻子，同他一样，只能是残疾人。而眼前的女孩，明眸皓齿，善良美丽，他不配。

她却执意留下来，他去哪里，她便跟到哪里，帮他做饭洗衣，整理那些琐碎的修表工具。

为了赶她走，他常常一脸怒气，口是心非地侮辱她。

她却充耳不闻，依然给他烧水泡脚，一张笑脸把租住的小屋蒸得热气腾腾。

望着她欢欢喜喜忙碌的身影，他无奈地摇头。心里，却像夏天的向阳花，乐得再也合不拢嘴。

爱情像风铃，在城市的春风里叮叮咚咚地歌唱起来。

坐在爱的帆船上，他感觉浑身都是使不完的劲。

白天，他一块接一块地修表，七八个小时都不觉得累。晚上，还要去酒吧赶两个场。他唱自己写的歌，那些歌，像极了他的人，都是温暖向上的调子。唱罢，他总是一脸灿烂地说："阳光列车正开向幸福，大家要记得快乐哦！"

回到家，她一边给他捶背，一边心疼地嗔怪道："照这样下去，铁人也会累垮的！"他温柔的眼神，将她层层包围："有你在身边，一点都不累。我要多赚些钱，以最快的速度建筑我们的爱巢。"

那天，他用脚趾夹着一枚铂金戒指，诚恳地说："我没学历没工作，家庭条件也一般，且身体残疾。但是，我有爱，有力气，还有吃苦耐劳的品质，你愿意嫁给我吗？"

她将身体靠过去，点着头，柔声答："我愿意。"

他轻轻吻她的唇。两头相抵，四目晶莹……

洞房花烛夜，他神秘地让她闭上眼睛，说是有礼物送给她。

她想，可能是新款的 MP5 吧，他知道自己最喜欢听音乐看电影。一阵细碎的声响后，她缓缓睁开眼，却霎时呆住。

整个婚床上，层层叠叠铺满了一颗颗火红的心。

他站在身旁，深情地望着她，眼里装得满满的，皆是爱。

"都是你用脚叠的吗？"她捧起一些，惊喜地问。

"当然，一共 999 颗，代表天长地久。"

她哽咽地问："可是，你在什么时候叠它们？这么多，你如何能完成？"

"都是晚上叠的。我总是一边叠，一边看你熟睡的样子。那些时刻，内心充满了无法形容的幸福与安宁。我知道，每个女孩都渴望被爱人拥抱的温暖，我没有双臂，不能满足你，但我有泊满爱的一颗心。以后，让我用心拥抱你好吗？"

她想，自己的心思，还是被他发现了。的确，她曾无数次幻想过被爱人坚实的手臂紧紧拥在怀里的感觉。爱上他后，她知道，这也许是今生永远的遗憾了。看电视时，遇到恋人相拥的镜头，她总是借口走开，或是岔开话题。即使在读小说时，遇到描写拥抱的段落，一颗心都会酸酸地跳过。

然而，从今天起，她再也不会感到遗憾了。因为，只要有爱，没有拥抱又有什么关系！她知道，自己会一直住在他心里。他会带着她，乘坐爱的帆船，向爱的彼岸缓缓驶去。而她，只需闭上眼，任他牵着，像一枚叶子，静静躺在船上，以一种幸福随意的方式，安然前行……

带着你飞

结婚前,他经常提起想带她到大海边拍婚纱照外景的事。"如果能抱着你在沙滩上转几圈,听听你快乐的笑声,我这辈子就再没什么遗憾了!"说这话时,他很动情,亮亮的眸子里闪着星星点点的晶莹。

尘世寂静。她倚在他暖暖的怀里,一边忍着汹涌而出的泪,一边听着他的心跳,落花似的,轻得像叹息。是啊,这个听起来很简单的愿望,对他而言,却极难实现。因为,她可以给他买探路者户外裤、骆驼牌登山鞋,却给不了他走路的能力。

他曾是一名中学体育老师,1 米 80 的身高,假期喜欢跟驴友环绕大山骑行。女友是县医院的护士,很漂亮的女孩,两人准备在国庆节举行婚礼。然而,命运如同摸牌,你永远不知道下一张是什么。谁能料到,在 2008 年 5 月 12 日那场毁灭性的地震里,他不仅失去了双腿,还弄丢了爱情。女友提出分手时,他甚至能够听到自己心碎的声音。为了给父母减轻些负担,也为了解脱自己,他曾三次自杀未遂。那段日子,他感到自己的天黑了,他的世界,再也没有了光明。

后来,他在 QQ 上认识了她。彼时,她的人生正经历着另一场地震。相爱了五年的恋人,一转身娶了上司的女儿,留给她的,只有冷冷的话语以及硬硬的后背。同是天涯沦落人,一个又一个深夜,对着电脑屏幕，两人你一言我一语，把一杯茶从浓喝到淡，丝丝缕缕的甜蜜，如四月的桃花盛开，一点一点入了心。

跟她聊天时，他感觉自己像变了一个人。他模仿郭德纲的相声，赵本山的小品，甚至，还拿毛笔在脸上画了奇形怪状的脸谱，只为逗她开心。他爱极了她的笑，她的笑那样清澈干净，如同冬日暖阳，散发出花朵一样的光芒。

同样，她亦被他吸引。屏幕上，他的每一个表情，都让她的心婉转了又婉转。她忽然觉得，命运的安排不会错，曾经的挫折，不过是为了让自己遇到更好的爱。

孰料，当她向他表白时，他却退缩了。他说他不配，他说如果有来世，一定娶她为妻。在她的逼问下，他终于道出了实情。她哭了，任泪水落在键盘上，一滴又一滴。他伸出手，想帮她擦眼泪，触到的，却是冷冷的液晶屏。看着他傻傻的样子，她又突然笑了，一边用袖子抹眼睛，一边跟他要家庭住址。

她说，相爱的人就应该在一起。时间不是问题，空间不是问题，没有腿也不是问题。

"以后，我就是你的腿。想去哪儿，我背你。"

"不行！我连腿都没有，如何照顾你、保护你？"

"谁说一定要男人照顾女人啦？只要彼此相爱，谁照顾谁还不都一样吗？让我做你的天使好吗？让我用翅膀载着你飞翔。我不在乎你有没有腿，我在乎的，只是难能可贵的心灵相依。"

就这样，她辞了工作，千里迢迢去寻他。见面时，虽然有了心理准备，却依旧被他短小的下肢惊呆了。

"你还是回去吧。谢谢你来看我。"他把头扭向窗外，佯装漫不经心地看天空。

回头时，却发现她已静静地蹲在身旁，柔声说："来，试一试，看我能背得动你不？"

自此，她真的成了他的腿。天气晴好时，她背着他去公园晒太阳；在图书馆，她背着他上下楼，挑选喜爱的书籍；甚至，她还带着他去游泳。开始，面对波光粼粼的水池他很恐惧，她给他讲力克胡哲的故事，又从百度上搜了视频让他看……在她的陪伴鼓励下，他的生活重新鸟语花香起来。他想，她是上帝派来爱自己的天使，今世，能拥有她，真是死而无憾了。

　　只是，自己又能为心爱的女孩做点什么呢？还记得，聊天时她说过，她曾多次梦到穿着雪白的婚纱，被他抱着，在沙滩上旋转了一圈又一圈……他知道，要想实现她的梦，只有一条途径，就是安假肢。然而，一对假肢需要 20 万元，对没有工作，父母又是下岗职工的他而言，这无异于天文数字。怎么办？他左思右想，决定在网上发帖求助。另外，为了早日圆她的梦，他买了书，开始自学平面设计。他想，不管怎样，自己都要尽己之力，给她幸福的生活。

　　孰料，帖子还没发上去，她却把一张 15 万的银行卡递到了他手上。原来，老家房子拆迁，作为家中独女，母亲让她选一套单元楼。只是，为了给他做手术安假肢，她迅速把房子变成了现金……

　　"你为什么这样傻？"不知为何，他竟冒出了这样一句话。

　　"因为我是你的天使！天使的职责，就是带着你飞。况且，咱们结婚时，我还想让你穿着笔挺的西装，陪着我帅气地走一次红地毯呢。我想，这一定是你最大的愿望了！"

　　他的心，涟漪千起，眼里突然飞上泪。他伸出手，用力揽她入怀。良久，她蹲下身，说："走，我背你入洞房吧。"

　　两人相视而笑。窗外，星星眨着眼睛，每一颗，都是一个美丽的天使。

你知道怎样对他好吗

父亲来电话说，近来他的左腿疼得厉害，不仅上下楼成问题，晚上连觉都睡不好。

我赶紧请了假，第二天就带他去了市医院。检查的结果很不乐观，疼痛是由于股动脉部分栓塞造成的，现在先保守治疗，再发展下去，不仅需要做手术，甚至还有截肢的危险。问及病因，医生说与多年的高血压有关，也跟他平时的生活习惯有关，这个病最怕久坐，以后一定要多走动。另外，吸烟会使病情加重，必须戒掉！

眼前浮现出父亲倔强的脸，心一点点沉下去。

记忆里，父亲几乎烟不离口。为了让他戒烟，母亲嘴唇都磨薄了，甚至以离婚相威胁，然而，直到她去世，父亲的日子依旧烟雾弥漫。当然，作为女儿，我也想了很多办法试图让他改掉这个坏习惯。遗憾的是，不管我怎样动之以情晓之以理，时至今日，烟依旧是他形影不离的贴身伙伴。

更让人生气的是，母亲去世后，他又迷上了玩麻将。每天从下午两点开始，在小区的活动中心一直玩到六点。可想而知，整整四个小时一动不动地坐在凳子上，年轻人都受不了，何况他这个年逾花甲的老人呢？

我让医生把注意事项写在病历上。心想，这回他总该戒掉这些害人的恶习了吧，即使再喜欢，也不能不要命吧？

回到病房，本想跟他好好谈谈，孰料，他却不在，邻床的老大爷说他出去了。我掏出手机给他打电话，还没拨通，已经看到他蹒跚着回来了。

一股浓浓的烟味自他身上飘过来，我突然间没了耐心，气呼呼地说："爸，你又抽烟了？"

"嘿嘿，病房里不让抽，真是憋死了，爸去院子里抽两根。"

我翻开病历让他看，然后，义正词严地对他说："爸，如果你还想好好活着，从现在开始，必须戒烟戒麻将，这事没商量。"

"没了这两样，活着还有意思吗？"他把病历甩到一边，吃力地爬上床。

"爸，你能别这样固执吗？哪怕给我一次惊喜也好啊！况且，即使你不为自己想，也得为我考虑一下吧？我请了假陪你来看病……"

"怎么，才两天就不耐烦啦？小时候你发烧，从早到晚哭个不停，我和你妈轮流抱着你，一连几夜不能合眼，我们有过不耐烦吗？"

"爸，我不是这个意思！你就不能成熟一点看问题吗？难道你不明白，我全是为你好吗？"

"我怎么看问题用不着你来评价！算了，你还是回去上班吧！不用管我！"

我想跟他继续理论，只是，他已转过身去，给了我一个硬硬的后背。这时，邻床的老大爷指了指门外，示意我出去谈。

坐在走廊的长椅上，他眼含深意地说："孩子，你跟我儿子一样，很孝顺，却不懂得如何去孝顺。"

看我眼中泊满了不解，他继续说："你心疼他，很想对他好，可是，作为旁观者，从你的话语里，我感受到的不是爱，而是不满和抱怨。当然，他也一定感受到了。"

"刚才一时着急，言辞可能有些欠妥……"我不好意思地低下头。

"不是言辞，而是心。孩子，你知道怎样才是对他好吗？"

我懵懂地望着他，一时不知如何回答。

"就是接受他的一切。包括吸烟、玩麻将、固执、认为自己做的事永远是正确的，等等。因为，只有接受，才能改变，也只有接受，才能让他感到你的爱。"

眼前，倏地划过一束光。老伯说得对，这么多年，我从未真正接受过父亲。身为女儿，我一直想把他变得好一点，再好一点。殊不知，我越是想改变他，我们之间的距离就越远。

原来，真正需要改变的，竟然是自己。

痛定思痛，我决定不再劝他戒烟，而是买了几条上好的大中华送给他。我也不再干涉他玩麻将，而是每天下午坚持给他打电话。因为我的干扰，他不得不中途退场，一边在小区里慢慢散步，一边跟我海阔天空地聊天。一段时间后，生活节俭的他，从每天两包烟，变成了只抽两三根。而且，为了跟我聊天，已经很少去打麻将了。突然发觉，其实父亲喜欢的不是麻将，母亲去世后，他只是太寂寞了。

周末，买了很多好吃的去看他。一家人围着餐桌包饺子，父亲憨憨地笑着，脸上漾着遮不住的甜蜜。下午，老公带他洗了澡，理了发。回到家，他略带羞涩地对我说："闺女，给爸剪剪指甲吧，这几年，爸眼睛花得厉害，总是不小心剪了肉。"

眼里突然飞上泪，父亲真的老了，一向为我遮风挡雨的他，竟然连指甲都剪不好了。

午后的阳光，散发着花朵一样的光芒。我逐一给他剪了手指甲和脚趾甲，父亲安静地坐在我对面，眼中星光点点，漾着疼爱的波。

世间种种,没有一样比得上爱的意义

前些日子,某书店邀我去做新书签售。到了互动环节,一个中年女读者站起来说:"我每天辛辛苦苦在职场打拼,朝九晚五,风风雨雨二十年,却依旧没有过上自己想要的生活!我的心里一直很困惑,人生的意义何在?活着究竟是为了什么?"

望着她迷茫的目光,我轻轻地答:"为了有能力去爱。"

是啊,每个人终其一生都在成长,即使到了老年也不例外。成长是为了遇到更好的自己,把自己活成自己喜欢的样子。然而,成长只是过程,是体验,终究不是目的。事实上,我们所有的努力,都是为了有能力去爱。

有人问,爱是什么?我想,爱就是承担责任。首先是承担对自己的责任,也就是对自己的生命负责。

我们都知道,每个人都有自己的长处。然而,这个长处,如果不学习不奋斗,不在关键的时候逼自己一把,是很难被发现的。也就是说,一个真正爱自己的人,懂得尽早发现自己的长处,然后通过坚持不懈的努力,尽最大可能发展这个长处,这样,在未来的路途中,才能遇到更美好的自己。

我们在做事情的时候,大致有两个动机,一个是因为爱,另一个是因为怕。回首过往,凡是那些因为爱而做出的选择,每每忆起都是温暖且感动的。遗憾的是,大多数人在进行选择的时候,都是因为怕，因为担心和恐惧。比如，如果不写作业，就会被老师罚站；没有圆满完成上级交给的任务，就会被扣奖金，等等。因此，我们在做一件事情的时候，首先要弄清楚，自己是因为爱去做的，还是因为怕去做的。其实，我们现在所有的努力，都是为了以后有能力选择去做自己所爱的事。去爱自己，爱亲人，爱朋友，爱每一个当下。因为，当你因为爱去做某件事情的时候，你的内心就会感到很幸福，很喜悦，当然，也很容易走向成功。

还记得，小 S 在接受记者采访时说："年少的时候，我经常问自己活着到底有什么意义。现在，我再也不问这样傻傻的问题了。因为我知道，活着的意义就是好好爱自己。人近中年，我才明白，只有好好爱自己，才能好好爱别人。只有拥有了自己的声音，才能听到整个世界的歌声。"

是啊，一切都是从心里长出来的。爱如是，恨如是，抱怨如是。然而，无论遇到了什么，我们都要学会让心里生出爱，飞出欢喜。因为，这世间种种，没有一样比得上爱的意义。爱你内心牵挂的人，爱那些值得爱的人，当然，也包括深深地爱自己。离开这个世界之前，我只会问自己一句话，这一世，你有没有爱得足够……

有他陪伴的日子,每一天都是花开

有时,我会问自己,我是从什么时候爱上他的呢?

在他出生前,还是出生后?在他咿呀学语的时候,还是长成了一个如风的少年之后?在他淘气的时候,还是帮我拎着东西上楼的时候?

不同的年龄阶段,答案会稍稍有所不同。

只是,现在,我的内心再也没有这样的疑问。因为,我知道,自己对他的爱,与生俱来。如果有前世,这份爱就开始于前世,倘若有来生,这份爱就延续到来生。

没有开始,也没有结束,死心塌地,根深蒂固。

如同一首歌里唱的,爱你没商量。是的,这世间,再也没有第二种爱,可以与我和他之间的爱抗衡。

没有,绝对没有。

15年前,那个火热的盛夏,他踏着月光而来。对别人而言,那一天,星星还是那些星星,月亮还是那个月亮。然而,在我这里,天地自此却变了模样。阳光更明亮了,风儿更温柔了,连楼下的流浪狗都变得更可爱了。他像一扇窗,为我打开了生命的新天地。

是啊,他来了,爱就来了。在他面前,一颗心柔软复柔软,再也坚硬不起来。

为了他,极爱睡懒觉的我,由于担心他着凉,每个夜晚都会一次又一次醒来给他盖被子；为了他，闻到卫生间的味道都会作呕的我，开始坐在大盆前，一块接一块地洗尿布洗尿布，日复一日，从无怨言；为了他，从不求人的我，甘愿把自己低到尘埃里，只愿让他在尘埃飞舞的世界里，把自己开成最想要的那一朵。

为了他……

是的，为了他，一切都是那么甘心情愿。没有犹豫，没有退缩，没有想过第二个选择。

是他，这个脸蛋粉嫩的小家伙，成全了另一个我。

为了让他拥有一个花朵般的童年，歌声一样的少年，自小，除了为人处世的原则，我给了他最少的要求，最大的自由。值得欣慰的是，时光的河流里，他渐渐成长为一个善良、懂事、明辨是非的好孩子。每天，只要他在家，每个角落都荡漾着他开心的笑声。他的笑，是我听过的，最动人的歌。

我是个普通的女人，也是个普通的母亲，今世，我不希望他成名成家，只愿他拥有一颗欢喜心，每一个日子都过得幸福快乐。

什么是爱呢？

真正的爱，是懂得。因为懂得，我从不强求于他。

真正的爱，是放手。让他按照内心的向往，活成自己希望的样子。

真正的爱，是接纳。接纳他的不完美，就像他接纳我的不完美一样。

因为这份懂得，他把我视为人生知己。每天放了学，最开心的事，就是跟在我身后，把心里的话统统倒出来。

学校的事儿，老师的事儿，同学的事儿，自己的事儿……知无不言，言无不尽。

因为这份懂得，我亦收获了他的爱。如今，比我高出半个头的他，成了我今世最好的陪伴。一路上，我们彼此鼓励，互相安慰，日子如甘露，在爱的照耀下，成为一串串晶莹剔透的珠贝。

母亲节那天，正在午睡的我，梦到他鼻尖淌着汗，捧着几枝康乃馨对我说："妈妈，辛苦了，节日快乐。"当我脸上有了被花碰触的凉意，才发现，此时此刻，花是花，梦非梦。原来，趁我睡着时，他顶着太阳，为了找花店给我买康乃馨，整整跑了一个中午……并且，晚上还主动打水给我洗了脚。当他蹲在面前，双手捧起我的脚，一颗心顷刻松软了，像新出炉的面包。

升入初二后，他的变化很大，开始做我的榜样，照顾我的生活，下了晚自习，还要拉着我去跑步。他说："妈妈，你不能总是待在家里，你要把身体锻炼得棒棒的，这样，以后才有力气跟着我享福呢。"嘿嘿，当妈的没出息啊！听他这样说，晚上几乎不出门的我，跟在他身后，每天跑啊跑啊，那叫一个心甘情愿啊。

都说女儿是父亲前世的情人，儿子又何尝不是母亲的前世情人？他是时光送给我的最好礼物。岁月悠悠，我们越来越相爱。有他陪伴的日子，每一天，都是一朵一朵的花开。

当父亲老成我的孩子

清明节，回家给母亲扫墓。两个多月不见，父亲看上去竟然苍老了很多。问到前段时间我打到卡里的钱，他一怔，目光有些茫然，继而憨憨一笑，说："看到了，看到了。"

到了墓地，我们从篮子里拿出各种供品和纸钱，这些都是父亲一个人精心准备的。可能是从小养成了凡事依赖父母的习惯，母亲去世10年了，每次上坟的用品都是父亲亲自制作和购买。作为女儿，我从未准备过什么，总以为给爸一些钱就万事大吉了。

上完坟，我们并肩走出墓地。父亲的脚步明显没有以前矫健了，走了没多远，就落在了后面。

我停下来，坐在路边，远远地望着他。突然发现，父亲走路的样子有些不对劲，仔细一追问，才知前段时间他不小心摔了一跤，造成右小腿骨折，还在医院住了半个月。

"爸，这么大的事，你怎么不告诉我呀？"我心疼地埋怨道。

父亲笑了笑，说："那天打电话，本来想跟你说的。看你挺忙的，就没让你回来。"

泪肆无忌惮地淌下来。

"那么，谁在医院照顾你呢？"我一边擦眼泪，一边羞愧地问。

父亲心疼地摸摸我的头，慈祥地说："傻孩子，不哭！爸现在不是好好的吗？爸没事！你安心上班，照顾好自己的小家就行了。爸有街坊邻居呢。尤其是对门张大爷的儿子，对我可好了。知道我老了,扛不动米和面了,经常帮我去买……"

父亲的最后一句话,把我深深刺痛了。以前,我一直觉得,所谓孝顺,只要多给父母一些钱就行了。有钱可以想吃什么就吃什么,想穿什么就穿什么;有钱可以去旅游,去做自己喜欢做的事;有钱,甚至可以雇保姆,尽享人间清福……在我眼里,有钱就有了一切。可是,事实真的如此吗?

那天,听街口开小卖部的大妈告诉我,这么多年,父亲抽的烟,一直是便宜的北戴河,从来没有改变过。另外,一个人吃饭,总是能凑合就凑合,常常一袋方便面就是一顿午餐。还有他穿的衣服,几乎都是从村里的集市上买的地摊货,而且,一穿就是几年……

末了,她提醒我:"有空,多回来陪陪你爸吧。人生七十古来稀,有钱也没力气花了呀!"

心里正内疚着。孰料,晚上父亲又把那张银行卡拿出来递给我,说:"特特很快就要上初中了。听说择校费挺贵的,你把这张卡拿回去吧。这些年,你存进去的钱都在这里,我一分没动,就等着给外孙上学用呢。"

"爸,你一分都没花我给的钱,不等于我从来没有孝顺过你吗?"捏着那张薄薄的卡,我的心似被什么搅动了,翻江倒海般地疼,不争气的泪又流了下来。

"瞎说!"父亲望着窗外,有些凄然地说,"爸在村里没什么花销,种地的那点收入也够用了。况且,出出进进一个人,有什么可买的呢?"

我终于明白,原来,父亲需要的不是钱。他要的,是身边有亲人陪伴,是有个可以帮他花钱的人啊。

唉,枉我读了这么多书,真是糊涂啊!

我跟单位请了两周假,决定在家好好陪陪父亲。

结婚以来,第一次在家待这么久。每天,日出而起,日落而息。不上网,不开手机,一切按照父亲的节奏生活。

早晨，给他做他爱吃的鸡蛋羹。午餐，用羊肉香椿煮面条给他吃。晚餐，我们一起喝热气腾腾的小米粥，暖心暖胃。

开车去县城的超市，买回各种食物，填满他的冰箱。陪他去耕地，阳光下，帮他擦额头细密的汗珠。晚上，跟他一起在田间散步，挎着他的胳膊，一边走，一边听他讲过去的故事。

回到家，烧了开水，帮他洗澡。开始，他很羞涩，推推搡搡地不同意。我使出女儿的各种伎俩，终于让他束手就擒。雾气里，我一边帮他搓洗，一边无法控制地流泪。

爸老了，曾经顶天立地的爸，真的老了。他的臂膀不再如以前那样有力，他的心灵不再像以前一样坚强，他的身体也不再如以前一样精神，他的皮肤很松弛，皮肉之间仿佛隔了空隙。我听到，岁月的风，在里面嗖嗖地流动。

临走的前一个晚上，父亲让我帮他剪指甲。

"眼睛越来越花了，经常剪了手指上的肉。"

我答应着，假装去找指甲刀，跑到另一间屋抹眼泪。

在我眼中，父亲一直是全家的顶梁柱，也是我精神的支撑。可是，现在，他老了，老得竟然需要我帮他剪指甲了。

这样的话，从一个顶天立地的男人嘴里说出来，真是令人心疼。

我逐一给他剪了手指甲、脚趾甲。他很乖。安静地坐在灯光下，恍若我的小孩。

我终于明白，当父母老成我的孩子，他需要的不是钱，而是身体的陪伴和心灵的安慰。

以后，我会拿出岁月给我的时间，尽量多回家陪伴父亲。父亲只有一个，生命只有一次，如果父亲没了，我要钱何用？生活给我的岁月再多，又有什么意义？

爸，原谅女儿的无知！这么多年，女儿给你的钱，在你那里原来只是一沓又一沓的废纸……